か歌枕紀行

静新新書
041

はじめに

日本では古来、多くの詩人たちが、時代を越えて様々な場所で歌を詠み継いできた。多くの詩歌人によって詠まれ、感性の拠り所となった土地のことを「歌枕」と呼ぶ。世界最古の詩集とも言われる『万葉集』の時代から、人々が自然を愛《め》で、家族や四季折々の大地の表情を三十一文字《みそひともじ》にあらわし続けている日本。千年規模での国民的な詩歌の文化遺産を持つ日本は、世界的にもとても珍しい国だ。

そんな中でも、「静岡県」の〝歌枕〟は、古くから、多くの人々に詠み継がれてきた。「富士」「田子の浦」「小夜の中山」「三保の松原」「焼津」「天竜川」「天城湯ヶ島」「水窪」など、昔から様々な人々が静岡を訪れ、その名所旧跡を自らの言葉であらわしてきたことを、現在のこどもたちにも語り継いでいきたい。海在り、山在り、国内随一の多様な農・水産物に恵まれた静岡県は、日本のみならず、地球全体にとってもオアシスと呼び得るような場所だ。この静岡県で詠まれた詩歌を週六回ずつ、静岡新聞朝刊に連載する機会を頂き、二〇一〇年五月一日から二〇一一年四月三十日まで、一年間にわたって紹介してきた。文芸欄ではなく、社会面での連載ということで、できるかぎり難しい言葉は使わず、中高校生にもわかるような平易な言葉での紹介を心がけてきた。年間三百首ほどの短歌を紹介するために、一年以上かけて準備をし、これまで静岡県にちなんだ短歌を、古典から現代短歌まで何万首読んできただろうか。

この間、あまりにもそうそうたる歌人が富士山を詠んでいることに感動し、川勝平太知事に提案をして、『富士山百人一首』が生まれることにもなった。この『富士山百人一首』づくりのプロジェクトは今後、より発展した形で展開されていくことになるだろう。

本書では「富士山」はもちろん、県内各地の様々な歌枕を紹介している。

伊豆から浜松まで、海や山、川や森や滝ｅｔｃ…各地で詠まれた珠玉の作品の数々。読者のかたにも、ぜひ「感性の旅」を楽しんでほしい。万葉集の時代の大伴家持・山部赤人から、紀貫之、藤原定家、西行、若山牧水、北原白秋、佐佐木信綱、与謝野晶子、土岐善麿、岡本かの子、吉井勇、正岡子規、伊藤左千夫、斎藤茂吉、島木赤彦ｅｔｃ…日本を代表する歌人たちが、静岡のどんな「歌枕」でどんな作品を詠んできたのか。本書をきっかけに、今後さらに自然を愛し、「歌枕の旅」を愉しむ人が増えていくことを願っている。

田中章義

晴れてよし曇りてもよし富士の山もとの姿は変わらざりけり

山岡鉄舟

一八三六（天保七）年に生まれ、明治期まで生きた作者は剣・禅・書の達人だったと言われている。勝海舟、高橋泥舟とともに「幕末の三舟」と称された作者が、剣の悟りのときに得たのがこの一首だったそうだ。晴れていようが、曇っていようが、周囲の状況ではなく、元来の、真の姿を富士の山に見いだそうとする心。古来、多くの達人たちは、自然をまるごと師として仰いでいた。

春ここに生《あ》るる朝《あした》の日をうけて山河草木《さんかさうもく》みな光あり

佐佐木信綱

歌集『山と水と』に収められた歌。一九四四年以後は熱海の西山に住んでいた作者は唱歌『夏は来ぬ』の作詞者としても知られる歌人・国文学者だ。静岡県の自然を詠んだ歌も多く、四季折々に紹介していきたい。朝の陽射しを受けて光るものは決して私たち人間のみならず、山河草木皆なのだと詠む。天地《あめつち》の恵みの中に生かされる人間の幸せを謳《うた》い続けた作者は、第一回の文化勲章受章者でもある。

駿河なる田子の浦波たたぬ日はあれども君を恋ひぬ日はなし

詠み人知らず

『古今和歌集』に収められた詠み人知らずの歌。「田子の浦」は『万葉集』以来、多くの歌人たちに詠み継がれているけれど、これは新緑の季節に紹介したかった相聞歌の一首だ。相聞歌とはわかりやすく言えば「恋の歌」。千年前の人たちもこんなふうに「君を恋ひぬ日はなし」と詠んでいたのだった。どんなに時代や街の景色が変わっても決して変わらないものがあることを三十一文字《みそひと》は教えてくれる。

吾子《あこ》と来れば久能の山の石段に落つる木の実の音も親しき

吉井勇

一八八六年に生まれ、「明星」の新進歌人として注目された作者は坪内逍遥に認められ、脚本家としても活躍した。谷崎潤一郎との親交もあった作者は一九四八年に歌会始の選者もしている。そんな作者は一時期、静岡市中田で暮らしていた。離婚もして、当時放浪生活をしていた作者のもとにやって来た十歳の息子を日本平や三保に連れていった時の一首。こどもの日の今日はこんな父子の一首を紹介してみた。

窓さきの樫《かし》に来て啼く樫鳥《かしどり》の口籠《くごも》り声はわれを呼ぶごとし

若山牧水

歌集『くろ土』に収められた一首。舞台は天城湯ケ島だ。川端康成が『伊豆の踊子』を、井上靖が『あすなろ物語』を書いたことでも知られるこの地でもさまざまな歌が詠まれている。「樫《かし》に来て啼く樫鳥《かしどり》の」のリズム感。さらには下の句も「く」という「樫《かし》」と同じ「K」音からはじめることで、さらに音楽性を増している。詩歌は、人間以外の動植物とも対話するための表現手段となることを示した一首。

若き日の友いまいづこ春早き空をひらきて辛夷《こぶし》かがやく

高嶋健一

一九二九年四月に兵庫県で生まれ、二〇〇三年五月に亡くなった作者の最後の歌集『存命』に収められた歌。静岡市の足久保に住んでいた作者は、一九八三年、『草の快楽』で日本歌人クラブ賞を受賞している。大学時代は広島で過ごし、後には静岡県立大学の教授も務めた人だ。かがやく辛夷を見ながら、若き日の大事な友を想っている作者。今は天国で、作者はかつての親友たちと出逢えているのだろうか。

母子草という名もつゆえ摘まざりき庭にひともと黄なる明りよ

葉山安子（静岡市清水区）

「母の日」の今日はこんな一首を紹介してみたい。日本にはこんなすばらしい名前を持つ植物もある。日本全国に分布している「母子草」。国外では中国やインド、マレーシアでも見ることのできるキク科の越年草だ。春の七草の「御形」としても知られているこの植物は、四月から六月に多数の黄色い花を付け、静岡県の大地も彩ってくれている。かつては草餅にも使われていた日本人となじみ深い植物。

国破れていま掘り起こす登呂の跡いにしへにたどる時のちからを

土岐善麿

『春野』に収められた一首。一八八五年に生まれた土岐善麿は石川啄木の死後、遺族を助け、全集などの編纂にたずさわり、啄木を世に知らしめた人でもある。新聞社の社会部長時代には「東海道」駅伝リレーを企画し、これが今日の「駅伝」の始まりとなった。そんな作者が詠む、「時のちから」。国語学者としても著名な作者は、静岡県内をはじめ、全国の小・中・高校の校歌も数多く作詞している。

フラミンゴの群れを見るごと蕎麦《そば》の茎朝の光りに鮮やかに見ゆ

笠間栄子（裾野市）

蕎麦の花や実ではなく、「茎」に注目した作者。それを「フラミンゴの群れを見るごと」だと表現した作者の感性が楽しい。五七五七七の世界では、世間の常識にとらわれず、植物を動物に見立てたり、夜空の星々を植物に見立てることも可能だ。富士の裾野に広がる蕎麦の茎をフラミンゴに見立てた作者が、過去千年に居ただろうか。〝自分だからこその表現〟を追い求めることも作歌の愉《たの》しさだ。

朝山は風しげけれや夏鳥の百鳥のこゑの飛びみだれつつ

北原白秋

一九三七年五月に北原白秋が駿東郡小山町須走で詠んだ一首。北原白秋は一九二四年に田中智學の招きで両親や妻・長男とともに三保を訪問して百七十首以上の短歌をつくるなど静岡を舞台に多くの詩歌を残している。「この道」「ペチカ」「からたちの花」などの童謡を書いた白秋が「ちゃっきり節」の作者であることは言うまでもないだろう。富士山須走口あたりでは今日も多くの野鳥たちが鳴き響《とよ》んでいる。

箱根路をわが越えくれば伊豆の海や沖の小島に波のよるみゆ

源実朝

一一九二年、鎌倉幕府が誕生した年に生まれた作者は、十二歳で征夷大将軍に就任している。掲出歌は『金槐集』に収められた一首。「沖の小島」は現在の初島のことではないかと言われている。『百人一首』にも、「世の中は常にもがもな渚こぐあまの小舟の綱手かなしも」という歌が採択された作者は、藤原定家を師として歌道にも精進した人物だった。二十八歳で亡くなるまでに、さまざまな歌を遺している。

防人《さきもり》の堀江漕ぎ出る伊豆手船舵《かじ》取る間なく恋は繁けむ

大伴家持

『万葉集』の編者と言われ、七八三年に中納言になった大伴家持も「伊豆手船」という言葉を用いた一首を詠んでいる。「日本書紀」にも「伊豆の国で造った船」という記述があり、古来、船の産地としても名高かった伊豆。その船が絶え間なく舵を取るように、故郷を離れた防人の人たちのふるさとへの思慕は生《お》い繁っていくだろうと推量した歌。人のみならず、古代人は故郷にも「恋」をしていた。

するがなる大富士が嶺《ね》の裾長に曳きたる野辺の八千草の花

岡本かの子

一八八九年に生まれた岡本かの子は大正・昭和期を生きた歌人・小説家として知られている。夫は画家の岡本一平、息子は芸術家の岡本太郎だ。駿河にある世界的な霊峰・富士。広く知られたこの山の野辺にはたくさんの野草が生息し、生命力豊かな花を咲かせている。静岡で最もおしゃれなのは、実はどこかの女性ではなく、太陽に彩られ、今日も多くの花々に身を飾られた「富士山」なのかもしれない。

父母《ちちはは》が殿《との》のしりへの百代草《ももよぐさ》百代《ももよ》いでませ吾《わ》が来たるまで

生玉部足國

『万葉集』の防人《さきもり》の歌の一首。「防人」とは、当時、海外からの侵略に備えて北九州に派遣された兵士たちのこと。『万葉集』には、静岡の兵士の歌も何首か収められている。一度向かえば三年は帰ることができなかったと言われ、防人の歌には郷里や家族を詠んだものが多い。「郷里の父母の家の裏にある百代草のように、百代までいつまでも元気でいてください、私が再び帰って来るまで」という歌。

伊豆の海限りも知らず繋がれる青藻と見ゆる底の石かな

与謝野晶子

一八七八年に生まれ一九四二年まで生きた歌人・与謝野晶子も静岡を舞台にいくつもの短歌を詠んでいる。歌人としての活動以外に日露戦争に召集された弟への思いを綴った『君死にたまふことなかれ』や『源氏物語』の現代語訳でも有名な晶子は、夫の鉄幹とともに晩年は毎年のように伊東市を訪れていた。共通の友人の持つ別荘が一碧湖に在ったそうだ。この作品は歌集『草の夢』に収められている歌。

山葵《わさび》田の葉叢《はむら》の下を流れゆく水は鈴振るごとき音しつ

石井利明

全国的に有名な伊豆の山葵。狩野川の上流域にあたる「天城」も多くの詩歌人に愛された歌枕だ。北原白秋・若山牧水など、多くの歌人がここで歌を詠んでいる。天城山から流れる清流に育《はぐく》まれた山葵を想う時、私自身、真っ先にこの歌を思い出す。「流れゆく水が〝鈴振るごとき音〟をしている」という歌人の繊細な感覚。発見は目のみでするものでなく、耳でもできるものなのだと教えてくれる歌。

富士ケ嶺は駿河の国のただ中に大地の力もりあがり立つ　　白石昴

歌集『清暑』の中の一首。古来、多くの歌人が富士を謳《うた》い、詠み続けてきた。幾百万もの富士山の歌が一四〇〇年の短歌史には存在するのだろう。遠景や全景を仰ぎ見るような歌が多い中、この歌の「大地の力もりあがり立つ」という表現は、〝海抜ゼロメートル〟の地点から三七七六メートルの富士山を歌いあげていて、迫力がある。どんなに高い山でも築くのは全て大地の力なのだという作者の想い。

万代の国のしづめと大空にあふぐは富士のたかねなりけり　　明治天皇

一九二〇年刊行の明治天皇御集より。掲出歌は一九〇八年に発表されている。明治天皇は実はさまざまな富士の歌を詠み遺している。「あかねさす夕日のかげは入りはてて空にのこれる富士のとほ山」「富士のねに匂ふ朝日も霞むまで年たつ空ののどかなるかな」。一代のみならず、万代の国の鎮めのために大空に仰ぐのは、やはり富士の高嶺なのだという一首。富士山は歴代の天皇によっても詠み継がれてきた。

ひろびろと遠州灘よりいたる濤《なみ》の秀に立つ際《きわ》のしづけさも視《み》つ

吉野鉦二

歌集『時間空間』の中の一首。「遠州灘」でも、これまで多くの短歌が詠まれている。広い海を眺めた時、豪快な波の立つ姿ばかりでなく、そこに「しづけさ」も見ていた作者のまなざし。荒々しいものの中にも優しさや穏やかさが在り、一見もの静かそうに見えるものの中にも力強さや逞《たくま》しさが潜んでいるのが自然なのかもしれない。単に「見る」のではなく、意識的に「視」ようとする歌人の眼力。

この渓のいで湯を浴みてなりはひの息休めけむ土肥の里人

藤井清

歌集『新燕』に収められた一首。三方を山に囲まれている西伊豆屈指の温泉地・土肥。中央にある松原公園は、駿河湾に面する松林の自然公園でここには島木赤彦や若山牧水の歌碑も立っている。そんな地で、すばらしい渓谷のいで湯に浸かった土肥の里人たちに想いを馳せて詠んだ一首。大自然に抱かれて生業《なりわい》の仕事の疲れをとることができる人々の幸せを思う。いで湯の里に暮らす土肥人の至福。

砂丘《すなおか》のなぞへの畑の痩せ麦のほそき畝より啼きたつ雲雀

若山牧水

一九二三年に刊行された歌集『山桜の歌』に収められた一首。この歌も静岡県で詠まれている。一八八五年に宮崎で生まれ、延岡中学時代から作歌に励んだ牧水は一九二〇年から妻子とともに沼津市に移り住んでいる。千本松原を愛し、伐採計画があったときには新聞に計画反対の寄稿をおこない、仲間とともに千本松原を護《まも》ったことでも知られている。雲雀を見守るまなざしも、さぞかし優しかったことだろう。

降り立ちて見まわす空の白き雲かがやき照りて山をはなれず

大岡博

一九〇七年静岡市生まれの作者は沼津中学校卒業後、教育者となり、中学校の校長や県の児童会館長も務めた人だ。祖父は徳川慶喜に随行して静岡県にやってきた幕臣の一人だったこと、息子が詩人の大岡信氏であることは、広く知られている。虎の門病院を退院し、三島駅に戻って来た時の一首が掲出歌だ。久しぶりの外出で見た故郷の空は、作者にとってどれほど明るくまぶしかったことだろう。

茶のみどり今朝もさやかに目に入りぬこの幸せを何にたとへむ

高橋路郎（旧大東町）

二〇一〇年より久しぶりに静岡県民となってこの歌を心から実感している。茶畑がこんなに美しいものだとは東京に居《い》た頃《ころ》には気づくことはなかった。畑に吹き抜ける風にも新茶の爽《さわ》やかな成分が入りこんでいるのだろうか。静岡県は日本で最も深呼吸をしたくなる県のひとつなのかもしれないなと思う。桜えび・生しらすなど、「この幸せを何にたとへむ」と言いたくなるものがたくさんある我らが故郷に乾杯。

無農薬知りて産みしかあげはの子人参の葉にまるまると肥ゆ

吉野智子（旧浜岡町）

静岡県は、全国で最も多品種の農作物が収穫できるところだと聞く。古来ここに多くの歌枕が存在するのも、海や山、川や湖があるのはもちろん、大地がこんなに豊かなところだからなのではないだろうか。揚羽蝶もきっと本当に栄養となるものを知っていて、こどもを産む場所を選んでいるのだろう。いつまでも、静岡がいのちを豊かに「まるまると肥」えさせてくれる地であることを願っている。

巣立ち間近飛びては落つる小雀《こすずめ》を梢《こずえ》よりその母は見守る

原田美智子（旧浅羽町）

自立して翔び立っていく日も近い「小雀」。旅立っていく日を前に懸命の練習を重ねるものの、うまく飛べずに何度か落下してしまう。それでも、どんなに落下しても再び挑み続ける「小雀」。そんなこどもの姿を、梢から親はどんな思いで見護《みまも》っているのだろう。そして、そんな鳥の親子を見護っている作者の視線のあたたかさ。生物種を超え、母として共感できる「まなざし」があったのだろうか。

年たけてまた越ゆべしと思ひきやいのちなりけりさ夜の中山

西行

『新古今和歌集』にも収められた静岡県を詠んだ最も有名な歌の一首。遠州の小箱根として知られた難所「小夜の中山」は古来多くの詩歌人たちによって詠み継がれてきた日本を代表する「歌枕」のひとつ。一一一八年（元永元年）に生まれた作者はもともと武士だったけれど、法師となり、諸国を行脚しながら求道と作歌に人生をかけた人。自然に対する豊かなまなざしの作品を多く詠み遺している。

庭の隅に松のさみどり瑞々《みずみず》し亡き夫《つま》が我に残し置きたり

水野和江（旧金谷町）

夫が亡くなってどのくらい経つのだろうか。当たり前だったものが当たり前でなくなってしまったさみしさ。それでも日常のさまざまな場面で共に過ごした時間を思い出す時があるのだろう。庭の隅に残された松はまるで天国の夫からの手紙のように新たな葉を伸ばし続けている。今は言葉を交わすことができなくても、時空を超えたつながりは決して途切れるわけではないことを松が教えてくれている。

遊ぶ児の風に乗る声雁豆はみな裏向きに葉を吹かれをり

川嶋逸二（磐田市）

小学生だろうか。園児だろうか。風に乗る、楽しそうで弾むような笑い声が聞こえてくるようだ。そんな上の句を受けて「雁豆」にスポットをあてた作者。「みな裏向きに葉を吹かれている」という作者独自の発見がとても愉しい。風に吹かれているのは、決して人間だけではなく植物たちもだと、「雁豆」が物語っている。こどもへのまなざしも、「雁豆」へのまなざしも、とてもあたたかな作者の一首。

そそぎいる新茶の香りひろがれば湯呑み持つ手に初夏の陽明るむ

島そのゑ（旧天竜市）

茶処・静岡に生まれて、地球にはどれほど多くの緑色が存在しているのだろうと思う。萌黄色、裏葉色、若竹色など古来、私たちの国に生まれ育った先輩たちは、緑だけでも数十種類の呼び名を使い分けてきた。茶畑だけでも、よく見ると幾種類もの緑色が存在している。味覚はもちろん、嗅覚でも視覚でも愉しむことのできるお茶。飲んで良し、天ぷらにしても良い新茶の「茶葉」のありがたさ。

一連に富士の裾野を引くところ愛鷹山に朝雲の湧く

葛原繁

富士山の東南部にそびえる連峰・愛鷹山は、一五〇七メートルの越前岳を主峰にいくつもの峰で形成されている。これまでに多くの古墳が発見されてきた。この愛鷹山を詠んだ作者は、一九一九年に生まれ、一九九三年に亡くなった東京工業大学出身の歌人だ。宮柊二の「コスモス」創刊にも参加し、半世紀以上にわたって、自然を詠み続けてきた作者。掲出歌を収めた歌集『玄』で、文学賞も受賞している。

富士を蹈《ふ》みて帰りし人の物語聞きつつ細き足さするわれは

正岡子規

一八六七年に愛媛で生まれ、一九〇二年に三十五歳の若さでこの世を去った正岡子規もこんなふうに富士を詠んでいる。晩年は結核性の脊椎カリエスの病床にあって、多くの短歌や俳句を遺した子規。大学予備門本科の同級生に夏目漱石が居たことはよく知られている。「歌よみに与ふる書」を書き、短歌革新運動を推進した子規の歌集『竹乃里歌』に収められた一首。四国の病床から想いを馳せた日本一の富士山。

道ばたの空地に群るるつゆ草の澄みたる藍は草にまぎれず

芹澤たみ（富士宮市）

どんなに小さくてもどんなにまぎれそうになっていてもまぶしく存在するものがこの世界には在る。掲出歌の「つゆ草」もそんな存在なのだろう。桜や紫陽花のように多くの人目に触れ、愛でられる花もすばらしいけれど、大地にとても近い場所で花開いている「つゆ草」の藍色にも多くの物語が内包されている。短歌を詠むとは、そんな小さくて豊かな物語の〝読者〟になることなのかもしれない。

砂浜を歩きながらの口づけを午後五時半の富士が見ている

俵万智

一九八七年にベストセラーになった『サラダ記念日』の中にも富士山が詠まれている。短歌は必ずしも事実ではなく、小説のようにフィクションで物語を構築していくことも可能だ。午後の富士、といった大雑把な物言いでなく、「午後五時半の富士」と細部にこだわった表現がこの歌の個性になっている。口づけも「富士が見ている」と発見したことで特別なものに昇華していく若き日の作者の心。旅の相聞歌。

豆腐なるおかべの宿に着きてけり足に出来たる豆をつぶして

十返舎一九

一七六五年に現在の静岡市で生まれた十返舎一九は一八三一年に亡くなるまでに多くの作品を遺した。江戸時代の大衆作家として知られ、浮世絵も描いたほか、落語や川柳、浄瑠璃、謡曲、歌舞伎などさまざまな新作を発表し続けた生涯だった。日本初の職業作家だとも言われている。掲出歌はそんな十返舎一九の『東海道中膝栗毛』に出てくる一首。東海道五十三次の二十一番目の宿場でもあった「岡部」の宿での歌。

つくづくと鴉《からす》の黒さ見つめおりきらわれものにも命ありけり

榎早苗（焼津市）

富士山や桜のように多くの人に愛される素材を詠む人が多い中、あえて「鴉」にスポットを当てた作者。「きらわれものにも命ありけり」のまなざしがあたたかい。嫌われがちな鴉だけれど、日本の神話では神武天皇の東征の際、松明を掲げ導いた吉兆の鳥とされ、世界でも太陽の使いや神の使いという伝承が残っている。鴉は一夫一妻で、子育ても協力しておこなうと言われている知能の高い鳥だ。

鼻ありて鼻より呼吸《いき》のかよふこそこよなき幸《さち》の一つなるらし

明石海人

歌集『白描』で名高い明石海人。沼津出身ということが没後明かされたものの、本人は生前浜松出身としていた。ハンセン病が当時誤解の多い病気だったため、親族の社会生活も考慮に入れての配慮だったのだろう。出身地や略歴は事実と違ったものを自ら語っていた。本稿では今後も歌集・歌書での本人執筆の年譜を尊重して紹介していきたい。

楽しみはおのが心にあるものを月よ花よと何求むらん

徳川慶喜

一八三七年に生まれ、一九一三年に亡くなった江戸幕府の第十五代征夷大将軍・徳川慶喜公。大政奉還や江戸城の無血開城などでも知られた徳川慶喜公が静岡で詠んだのが掲出歌だ。写真にも謡曲にも親しんだ趣味人らしい感性。楽しみは月や花といった外部にばかり求めるのではなく、「自らの心に在る」ものと詠む。激動の時代に生きた最後の将軍は「ケイキ」様と呼ばれ、静岡の人々にとても親しまれた。

思い出づる都のことは大井川いく瀬の石の数も及ばじ

阿仏尼《あぶつに》

赤石山脈間《あい》ノ岳の南斜面を源として駿河湾に注ぐ流長約一六〇キロの大井川も古来、多くの歌人に詠まれた歌枕だ。作者は、『十六夜日記』で有名な鎌倉時代の女流歌人・阿仏尼。一二七九年、鎌倉まで向かう途中の紀行と鎌倉での日々を記したのが『十六夜日記』で、作者は実際に大井川も越えている。「思い出される都のことは、この広い大井川の石の数も及ばないほどにたくさんある」という一首。

香貫山いただきに来て吾子とあそび久しく居れば富士晴れにけり

若山牧水

一九二〇年、沼津に転居してきた若山牧水が住んだ住所が「香貫」だった。以後亡くなるまでの八年間、この静岡を拠点にしていた牧水は富士山や愛鷹山、駿河湾などの自然を詠み続けた。牧水というのは延岡中学校の卒業前年に自ら付けたペンネームで、「牧」は母の「マキ」という名、「水」は郷里の雨や清流からとったものだ。自然に抱《いだ》かれながら、牧水は山や鳥たちとも歌会のできる歌人だった。

てのひらのくぼみにかこふ草蛍移さむとしてひかりをこぼす

高嶋健一

静岡県立大学教授でもあった作者の代表作とされる一首。蛍は日本でも『伊勢物語』『源氏物語』などで詠まれてきた。静岡でも浅間神社などで蛍の観賞会が開催されている。環境の影響を受けやすい蛍の灯に次世代のこどもたちも接してほしいと願う。

ぬばたまの夜を鳴きわたるほととぎす昼のこゑより澄みて聞ゆる

植松法子

一九九四年と一九九五年に角川短歌賞の佳作となった作者の歌集『蟲のゐどころ』より。富士宮市に住む作者は誘蛾灯に集まる虫を毎日数えるという仕事をしていたことがあるそうだ。七百種類にも及ぶこうした虫たちへの鎮魂・オマージュとして歌を詠んだという。ほととぎすと言えば朝や昼の歌が多い中で、「夜のほととぎす」を詠んだ作品は珍しい。しかも「昼のこゑより澄みて聞ゆる」という発見。

街に満つる新茶の香りに送られて茶商たりにし父の出棺

若杉節子（静岡市）

「父の日」の今日はこんな父を詠んだ歌を紹介してみた。挽歌《ばんか》でありながら哀しいだけの作品でないのは、「茶商」として自分たちを育て上げてくれた父への感謝の思いが滲《にじ》み出ているからなのだろう。静岡ならではの一首。日本一の茶処に生まれ育ち、人生最後の日も茶の香りと共に旅立っていった父。直接言葉を交わすことはできなくても、たった一杯の茶がどんな手紙よりも手紙となることもある。

鰹釣りて鰹節《ふし》に仕上ぐるなりはひのこの町に吾は八十年棲む

原田國蔵（焼津市）

約十八万三千トンの年間水揚げ量で世界的にも有名なマグロ・カツオの遠洋拠点となっている焼津港。焼津では、江戸時代から二十七隻の漁船に幕府の船鑑札が与えられ、カツオ漁が盛んになった。現在でも人口約十四万七千人の焼津市はカツオの水揚げ量が日本一となっている。「古事記」「万葉集」にもその名が刻まれた恵み豊かな「焼津」で暮らし、長年鰹節をつくりながら、暮らしてきた作者の人生の歌。

戦友の屍《し》を残しきしインパールの山に咲きつぐ花のあらむか

秋元実（長泉町）

六月二十三日は沖縄慰霊の日。旧由比町の望月キヨ子さんは、「凄惨な沖縄戦の放映に倒れいし兵は兄に非（あら）ずや」という一首を詠んでいる。静岡にも空襲があり、この静岡からも多くの兵士たちが戦地へと飛び立っていった夏に思いを馳せる時、私はいつも長泉町の秋元実さんの歌を思い出す。半世紀以上を経ても今なお忘れることのできない出来事。「山に咲きつぐ花のあらむか」の思いが、優しくて、せつない。

暁の波をかきわけ持舟（用宗）の港出てゆくしらす漁船

杉浦太奎

一九三三年に生まれ、現在は広野を拠点に活躍する書家・杉浦太奎氏が出身地の用宗を詠んだ一首。今年喜寿を迎え、先月行われた作品展では七十七作品を出品するなど、日本を代表する書家はますますお元気だ。七十七の作品には「長生きしてなお徳を積む」という思いの「徳寿」という書も発表されていた。用宗在住の私としては、生で良し、茹《ゆ》でて良しのしらすの歌を紹介できることがとても嬉しい。

駿河なる田子の浦わの朝雨にけふはぬれつつ砂ふみゆくも

長谷川銀作

一八九四年静岡に生まれ、一九〇七年に七十六歳で亡くなった作者は若山牧水の妻・喜志子の妹・桐子と結婚。牧水の義理の弟にあたる歌人だ。牧水が主宰していた雑誌「創作」の編集や経営にもあたり、牧水の没後、戦後すぐの一九四六年には「創作」復刊にも尽力した。掲出歌は一九三四年に刊行された歌集『桑の実』に収められた歌。樹の根の苔など、作者には雨の中の小さな命を詠んだ歌も多い。

ふるさとのけふの面《おも》かげさそひ来《こ》と月にぞちぎる小夜の中山

藤原雅経

満月の今日は、月も多く詠んだ藤原雅経の「新古今和歌集」の一首を紹介した。一一七〇年に生まれた雅経は少年期に蹴鞠の特訓を受け、その後新古今和歌集の選者の一人にもなった歌人だ。「百人一首」の「み吉野の山の秋風さ夜ふけてふるさと寒く衣うつなり」の作者でもある。藤原定家に源実朝を紹介したのも、源実朝に鴨長明を紹介したのも、実はこの雅経だ。「小夜の中山」は静岡を代表する歌枕。

不尽《ふじ》の山れいろうとしてひさかたの天の一方におはしけるかも

北原白秋

白秋もさまざまな富士の歌を詠んでいる。時により、「富士」とも「不尽」とも表記している。「ひさかたの」は「光」や「天」を導く枕詞。二つとない「不二」の魅力。尽きることのない「不尽」の迫力。郷土富士が国内に約三百四十座あるだけでなく、フィリピンにルソン富士がありアメリカにオレゴン富士がありブラジルにリベイラ富士がある私たちのこの地球。本家の麓に暮らせる幸せは如何程だろうか。

孫よりの強きゴジラと共にいていゆる日を待つ病院の夜半

渡辺房江（富士市）

入院中の祖母のために孫がプレゼントしてくれた「ゴジラ」。ぬいぐるみだろうか、プラスチックの玩具だろうか。祖母を思う孫の気持ちが一首から伝わって来る。「早く元気になってね」―そんな祈るような気持ちを込めて孫はきっと強い「ゴジラ」を大好きなおばあちゃんに贈ってくれたのだろう。不安になりがちな病院の夜を励ましてくれる、薬よりも薬となるものが孫の優しさなのかもしれない。

太陽は没《い》りはてぬれば天《そら》いちめん逆光線のはてに富士あり

岡山巌

富士山の山開きを明日に控えた今日は、一八九四年に広島で生まれ、一九六九年に亡くなった岡山巌のこんな一首を紹介してみた。朝焼けや昼間の富士を詠んだ歌は多いけれど、こんなふうに夕暮れの逆光の富士を題材にするのはチャレンジ精神が必要だ。たとえ、どんなに逆光の中であっても、確かな存在感を示す〝世界の富士山〟。作者は東京帝国大学医学部を卒業し、内科医師でもあった歌人だ。

富士よゆるせ今宵は何の故もなう涙はてなし汝《なれ》を仰ぎて

若山牧水

富士山山開きの今日は日本を代表する歌人のこの一首を紹介してみたい。富士山を仰ぎながら、理由のない涙が果てずに溢れてくると詠む牧水。旅の歌人と言われた牧水が、全国各地を廻《めぐ》りながらこの静岡県に住もうと決めた要因の一つが世界に二つとないこの富士山だった。富士を愛した歌人・牧水は、逆に富士からも愛された歌人だったのかもしれない。静岡に暮らす、全ての人に知ってほしい歌。

プランターの桜草赤くまた白く己が持てる色に花咲く

塚本美枝子（富士市）

梅雨明けの頃、休眠に入るまで大地を彩り、繁り、楽しませてくれる桜草は、世界中に四百種類ほど存在していると言われる。徳川家康が狩りに行った折に、名も知れぬ雑草の中で可憐《かれん》に咲く花を見初め、持ち帰って鑑賞したのが日本で広がったきっかけだったとも伝えられている。「青春」「若者」のほかに、「運命を拓《ひら》く」という花言葉も持った〝桜草〟。「己が持てる色に花咲く」美しさと潔さ。

子どもらが湯にのこしたる木の葉舟口をすぼめて我は吹きをり

島木赤彦

一八七六年に長野県で生まれた作者は、アララギ派を代表する歌人だ。長野県尋常師範学校（現在の信州大学教育学部）を卒業し、教員生活を送る傍ら、歌を詠み続けた。掲出歌は一九二五年一月に静岡県を訪れた際の一首。この旅で船原温泉や土肥温泉に滞在。数十首の歌を詠み、翌年刊行された歌集『杮蔭集《しいん》』に収められている。「木の葉舟」を、口をすぼめて吹く作者。何とも言えず、微笑ましい歌。

ありがたし今日の一日《ひとひ》もわが命めぐみ給ひし天と地と人

佐佐木信綱

一八七二年三重で生まれた佐佐木信綱は父弘綱の影響を受け、五歳から短歌を詠みはじめた。東京大学文学部古典講習科に入学。その数年後、父と共に十二冊にも及ぶ「日本歌学全書」も刊行。一九四四年十二月熱海市西山町に移り住み、邸宅は徳富蘇峰によって〝凌寒荘〟と名付けられた。一九六三年に九十一歳で天寿を全うするまでにさまざまな静岡の自然も詠んでいる。掲出歌はそんな信綱の人生観にもつながるような歌。

かすみふく松風いそぐ浪のうへに浜名の橋をたれつくりけむ

慈円

古来、多くの歌人によって詠まれた「浜名の橋」。掲出歌は『小倉百人一首』に「おほけなくうき世の民におほふかな我が立つ杣に墨染めの袖」の一首が採られている慈円の歌。一一五五年に生まれ、一二二五年に亡くなった慈円は藤原忠通と加賀局のこどもで、九条兼実の弟だった人物だ。二歳で母を、十歳で父を失った慈円。戦いも多かった鎌倉時代。波の上に浮かぶ浜名の橋に何を思い描いたのだろう。

かなかなのこゑ一管の笛となり銀河鉄道に吸はれてゆけり

片山静枝

七夕の今日はこんな一首を紹介してみた。旧岡部町の三輪を拠点に一九六五年十一月一日、歌誌「堊《あ》」を創刊している作者は静岡を代表する現代歌人の一人だ。かなかなの声が笛となって天空の「銀河鉄道」に吸われていく、という不思議な感覚。かなかなはヒグラシの別名で鳴き声から名が付いたと言われている。日本はもちろん東アジアに広く分布するヒグラシは、六月下旬頃から全国各地で鳴き始めている。

ここちよき衣のしめりよ靄《もや》深き灯ともし頃の町をゆきけり

井上靖

一九〇七年に生まれた作家・井上靖の沼津中学五年生の時の歌。一九七六年には文化勲章も受章した小説家は、香貫山を歩き廻り、千本浜で泳いだ沼津中学時代の少年詩人たちとの思い出を「自分たちはあのすばらしい青春の泉から出発した」と述べている。「努力する人は希望を語り、怠ける人は不満を語る」という言葉も遺している井上靖。「夏草冬濤」は、この沼津中学時代をモチーフにした小説だ。

あめつちの大き心にしたしむと駿河の山の湯どころに来し

吉井勇

大正・昭和期の歌人として活躍した吉井勇が初めて静岡にやって来たのは一九二〇年九月だった。吉井文学に惹《ひ》かれたグループの招きで訪問し、以後交流を重ねた。良寛の詩句に因《ちな》んで迷悟庵と名付けられた中田二丁目の拠点に住んでいたこともある。そんな吉井勇が、一九三九年五月に再び静岡を訪問した際、安倍川上流・梅ケ島温泉で詠んだ一首が掲出歌だ。あめつちは「天地」。歌集『風雪』の中の歌。

雨あがり虹も消えたる広さあり夏の眩しさ雷雲の湧く

関口昌男

三島市芙蓉台に住む作者も静岡を代表する歌人の一人。「弓の字を描く駿河の海岸の波の白さに夏が棲みつく」「夏くればつけ火のごときカンナ咲く雲も光も眩しむばかり」など静岡を舞台に作品を詠み続けている。三島市の「銀杏樹の会」、裾野市の「裾野石蕗短歌会」など、県内各地で定例歌会も行っている。「作者の個性の発見と新しい表現への挑戦」を訴えながら、今日も県民の心を耕し続ける歌人。

白と青高く二つを鮮かに空へ塗りたる富士の神山

与謝野晶子

与謝野晶子と伊豆との関わりは一九二一年以降だ。伊東の一碧湖、内浦の三津《みと》を夫鉄幹と共に訪問していた。一碧湖畔には島谷亮輔の山荘、三津には由井彦太郎の山荘があったからだった。晶子は船原峠・堂ケ島などの歌を詠み、清水や日本平も訪問している。個人的なことだけれど、祖父の故郷が三津だったこともありここから見る富士山は、私もとても好きだ。「空に色を塗ったように」見える富士山の歌。

駿河なる宇津の山べのうつつにも夢にも人にあはぬなりけり

在原業平

平安時代初期に成立した『伊勢物語』の有名な歌。八二五年に生まれ、八八〇年まで生きた在原業平は父方をたどれば平城天皇の孫・桓武天皇の曾孫にあたり、母方をたどれば桓武天皇の孫になる。『古今集』仮名序では六歌仙随一の歌人として仰がれている。業平が詠んだ「宇津山」は現在の静岡市と旧岡部町との境にある。「現《うつ》つ」を導き、この歌は後に藤原定家ら多くの歌人たちによって本歌取りされた。

青々と山の梢のまだ昏れず遠きこだまは岩たゝくらし

釈迢空

一八八七年に生まれ、一九五三年に亡くなるまで民俗学者として活躍した折口信夫は、釈迢空の名で『海やまのあいだ』などの歌集も持つ。國學院大学・慶応大学でも教鞭をとり、一九五〇年には宮中御歌会の選者にもなっている。一九二〇年七月、天竜川・藁科川などを歩きながら、深い山間渓谷を旅して民俗学の題材と共に、五十首ほど得た中の一首。当時作者は三十代。熊の出没も危ぶまれる中での命がけの一人旅だった。

万《よろず》のものみなひそまりて天地《あめつち》は一つの不二となりにけるかも

石榑《いしくれ》千亦《ちまた》

一八六九年愛媛県に生まれ、一九四二年に他界するまでに『潮鳴』『鷗』『海』という海にちなんだタイトルの歌集三冊を出版した石榑千亦。帝国水難救済会常任理事を務め、日本各地の海や港を旅することも多かった。この歌は一九三六年御殿場に来たときの一首。広漠とした大地に暮れ残った富士の大観を「天地は一つの不二となりにけるかも」と表現。長尾峠に向かう展望台にはこの歌の歌碑も建立された。

辛うじて生きて復員を果したりたった一つの母孝行なりき

平尾末吉（浜松市）

盆の送り火の今日はこんな一首を紹介してみた。大変な時代を生きた人々の礎《いしずえ》のもとに今日《こんにち》があることを改めて思う。作者は末っ子だったのだろうか。息子の帰還を母はどんな思いで待ち望んでいたことだろう。世界では未だに戦禍に巻き込まれている人たちがいる。戦争で息子と引き離されてしまっている母たちもいる。そんな世界中の息子たちも一日も早く「母孝行」できる日が来てほしい。

摘まれても摘まれてもなほ地に太くアスパラぐんぐん伸び上りたり

杉山治子（沼津市）

沼津市大岡に住む作者は、「お正月おばあちゃんパワー発揮して子供や孫らと百人一首する」という短歌も詠んでいる。子供や孫と「百人一首」を楽しむ風景が静岡にまだあることが嬉《うれ》しい。しかもまだまだ子や孫には負けぬと「おばあちゃんパワー」を発揮している作者。摘まれても大地から伸びてくるアスパラガスを詠みながら作者は伸び盛りの孫への祈りや願いもそっと込めているのかもしれない。

校庭のブランコをこぐこどもらの足の先には稲取の海

佐藤勝恵（伊豆市）

「海の日」を前に今日はこんな一首を紹介してみた。同じ連作に「閉校へ時を刻める三浦小校舎は小さく五月雨の中」という歌もある。作者は小学校教諭なのだろうか。誰にでも、一度しかない少年・少女の時代。そんなこどもたちのつま先の向こうには今日も果てしない稲取の海が広がっている。伊豆の自然に抱かれて成長できるこどもたちの夏が実り豊かなすばらしい日々でありますように。

静岡に帰りたくなったと北国の友はつぶやくサクラエビ食べ

原容子

山葵《わさび》醤油で食べる生の味はもちろん、釜揚げでも干してもかき揚げでも美味しい桜えび。駿河湾ならではのこの味覚に、北国にいる友人は郷里の静岡で過ごした日々を思い出したのだろうか。友人にとって桜えびは、家族との想い出の味だったのかもしれない。深海の中層を群れで遊泳すると言われている桜えびの産卵時期は実は夏なのだという。海の生態系がいつまでも豊かであることを願っている。

選手等はダッグアウトに入りたれどびしょ濡れの生徒の応援止まぬ

黒柳爽（静岡市）

「高校野球」を題材にした一首。同じ作者に「駆け抜ける方が早いと知りながらヘッドスライディングする最後の打者は」という歌もあり、高校生へのまなざしの温かさを感じる。チャリティーイベントで巨人や西武、中日の選手たちの折れたバットに短歌を書いたり、松井秀喜選手の社会貢献の本を講談社から出版したこともある私としては、野球界の人たちともぜひ歌会をしてみたいと思う昨今だ。

空に向き歌へば気力の湧きくると屈《かが》める背なを自ら起こす

小林暁子（三島市）

同じ連作の中に「『ああ、さくら』と声上ぐる母この国の女とし生き老いましにけり」「『帰りたい』とせがむを宥《なだ》めあたたかき日和になれりと空を指差す」などの歌もあり、「屈める背なを自ら起こ」したのは作者の母であることがうかがえる。どんなに地上の景色が映り去っても決して変わらずに生きとし生けるものを見護り続けてくれている空。空と大地に育まれなかった日は一日も無い私たちの日々。

水清き町に住みつき生涯を和紙工芸に尽くせし翁は

篠原千枝子（富士宮市）

水の豊かな静岡県に移り住んだ「翁」なのだろうか。富士宮と和紙工芸といえば大分から一九四五年に富士宮に移り住み、駿河半紙を復活させた後藤清吉郎が有名だ。型紙や漆を和紙工芸に応用して新分野を切り開き、一九八九年に九十一歳で亡くなるまでに、県指定無形文化財保持者にも認定された後藤。感性豊かな人々にとって、この豊かな静岡の自然こそが本当は何よりもの「アトリエ」なのだろう。

少年の日の路地裏に隠れたる我を探しに来る赤とんぼ

桜井仁（静岡市）

三木露風作詞による日本を代表する童謡もある「赤とんぼ」。通常はトンボ科アカネ属（アカトンボ属）に属するトンボを総称して「赤とんぼ」と呼んでいる。国内だけでもナツアカネ、ミヤマアカネなど、二十種類以上の観測記録があるそうだ。「赤とんぼ」と聞くと、なぜかこども時代の夏休みの夕暮れを思い出す。路地裏に隠れた少年を、赤とんぼが探しに来るという感覚に共感。郷愁《ノスタルジー》を抱《いだ》かせる一首。

はなやげる夕映えの空支へたり丈ひくく咲く野辺の花たち

太田あさこ（静岡市）

「野辺の花たち」が夕映えの「空」を支えている、という感覚が面白い。科学的根拠があることだけでなく、古来、詩歌人たちは独自の感性で森羅万象を謳《うた》い続けてきた。人間同士の対話には携帯電話もメールも在る。けれども万物との対話や自然を育む大いなるまなざしと交わす言葉には五七五七七の旋律《しらべ》がよく活用されてきた。「宙行《そら》かば宙の鎮守に何納めむ全き宙の黄金のいろ」などの歌も詠む作者。

満月の欠けゆくを見つ吹く風に昼の暑さをしばし忘れて

大塚弘子（富士市）

昨日、満月だった今日はこんな一首を紹介してみた。古来、暦やカレンダーのなかった時代から、天空の月は人々に今日がいつであるのかを教え、農作物の種を蒔く時期を伝えてくれていた。夏の夜、こんなふうに空を仰ぎながら月や星と対話する時間もいいものではないだろうか。全国各地にかぐや姫の伝説があるけれど、作者の住む富士にも独自のかぐや姫伝説（「竹取物語」）が語り継がれている。

今年又もも畑消えマンションが建ちて地名の「広野」狭《せば》まる

小野田智子（静岡市）

長田の桃は美味《おい》しく、贈っても届けても、県外のさまざまな人にも喜ばれている。「広野」近くには、「桃園」という地名も在り、同じ長田エリアの用宗に暮らす者としてはいつまでもこの周辺が豊かな桃の産地であることを願う。一口で至福に誘《いざな》ってくれる桃の果肉のありがたさ。ところが、現実には「広野」が今、「広い野」ではなくなりつつあると作者は詠む。この町の六丁目で暮らす作者だからこその歌。

土の道選びて朝の散歩する緑の苔の足裏《あうら》にやさし

道下修子（菊川市）

自然豊かな静岡からビルやマンションなど、コンクリートだらけの東京に行くといつもむせ返るような息苦しさを感じる。特に真夏はヒートアイランド現象も重なり、心身ともに緑が欲しくなる。「土の道選びて朝の散歩する」という部分に共感。作者は「緑濃き茶畝の隅に一群れのカンナの赤く咲き盛りおり」「赤き茎すらりと伸びてゆられいる蕎麦の畠を風渡り行く」などの歌も詠む、自然を愛する歌人。

一歳にて祖国を離れ未だ見ぬ富士山なれど常に慕わし

諏訪とみ（サンパウロ）

遥かブラジルの地で富士山を詠んだ作者。国際機関の親善大使として各地を巡っていた頃、五大陸のどこでも富士山を知っている人が多いことに驚いたことがあった。ましてや「一歳にて祖国を離れ」たという作者なら、どれほどの思いで今日まで富士山を心に仰いできたことだろう。「未だ見ぬ富士山なれど常に慕わし」の思いの深さを思う。願わくば、作者たちと共に富士山の麓で歌会をしてみたい。

渡伯して五十年ぶりの訪日に変らぬ姿の富士が迎ゆる

内谷美保（モジ・ダス・クルーゼス）

モジ・ダス・クルーゼスはブラジルの都市だ。二〇〇九年の段階で人口約三十七万五千人。二十世紀初頭にコーヒーやバナナ・綿の栽培に来た日系移民の子孫が多い所としても知られている。渡伯後五十年ぶりに祖国を訪問したという作者。そんな作者を変わらずに迎えてくれた富士山の懐を想う。作者にとって富士は、父のようでもあり母のようでもあったのだろうか。世界的霊峰の豊かさと偉大さを改めて思う。

さわやかに水はるかなる遠江《とおとうみ》浜名の湖《うみ》の夏の夕ぐれ

与謝野晶子

一八七八年に大阪で生まれ、六十四歳で亡くなるまでに五万首とも言われる短歌を詠んだ与謝野晶子は、保養や吟行のために静岡県にも何度か訪問している。掲出歌は旧細江町に建てられた歌碑の中の一首。晶子は一九三六年七月十日にこの旧細江町を訪れ、掲出歌を詠んだのだった。前年に夫・鉄幹を肺炎で亡くしていた晶子には夏の夕暮れ、「水はるかなる遠江」がどんなふうに映っていたのだろう。

若竹の伸びゆくごとく子ども等よ真直《ます》ぐにのばせ身をたましひを

若山牧水

没後に刊行された第十五歌集『黒松』の中の一首。この歌集には一九二三年から亡くなった一九二八年までの作品約千首が収められている。「やよ少年たちよ」と題された連作の中の歌。他にも「子供等は子供らしかれ猿真似の物真似をして大人ぶるなかれ」など、沼津で子育てをしていた牧水の思いが伝わるような作品群だ。牧水に代わって、夏休みを過ごしている静岡のこどもたちに捧げたい一首。

焼津辺《やきつへ》に吾《わ》が去《ゆ》きしかば駿河なる阿倍《あべ》の市道《いちぢ》に相《あ》ひし児等《こら》はも

春日老

『万葉集』に収められた一首。「焼津」は古くから詠まれている静岡の歌枕だ。『万葉集』に「焼津」の地名が出てくるのはこの一首のみだけれど、『古事記』『日本書紀』にも「焼津」の地名は登場する。「阿倍の市の道で出会ったあの人はどうしているかなあ」という一首。「春日蔵首老」とも言われる作者は、「春日」が名字で、「老」が名にあたる。『万葉集』に合計八首の作品が掲載されている作者だ。

富士見れば心いよいよ澄むおもひ日本平にたたずむわれは

吉井勇

静岡県とも縁の深かった吉井勇も何首か富士山の歌を詠んでいる。掲出歌は一九三七年一月、長男滋《しげる》を連れて、日本平・久能山・三保などを訪れた時の一首。歌集『天彦』に収められている。この連作には「吾子を率《い》て日本平にのぼるなり富士よさやかに現《あ》れさせたまへ」という歌も在る。吉井勇は日頃、「朝夕に富士ををろがみ祈るなり清らにつよくわれを生かしめ」という思いで富士と向き合っていた。

夜をこめて人を焼く匂いは籠もらいぬこの山峡《やまかい》に吹く風もなく

中島信洋

広島に原子爆弾が投下された今日（八月六日）は静岡出身で戦死した歌人の一首を紹介したい。「短歌と写真で読む静岡の戦争」（美濃和哥・佐久間美紀子）でも取り上げられた作者は静岡市葵区三番町の漆器塗り職人の徒弟で、短歌結社「不二」に入っていた。火葬場衛生兵として服務し、「顔のかたち焼け崩れゆくたまゆらをひたに泣きつつ火をたく吾は」という歌も遺している。一九三七年に戦死。享年二十四歳だった。

「命あらば会える日もあらん」と詠みたりしわが信洋よ遂に還らず

山口豊光

引き続き、戦死した友を詠んだ一首を紹介したい。ここで「わが信洋よ」と詠まれているのは前頁の「夜をこめて人を焼く匂いは籠もらいぬこの山峡《やまかい》に吹く風もなく」の作者・中島信洋氏。二十四歳で戦死した静岡出身の若手歌人は「命あればふたたび会える日もあらん君には告げず吾が出征《たち》にけり」という歌を遺していた。歌に込めた作者の「わが信洋よ」という思いは今も風化することがない。

命もちて帰るまではと野の草を食いつなぎたり十日を前は

松井正一

一九四六年に刊行された『菩提樹』の中の一首。掲出歌の他に「先ず何はなくとも食えと米の飯出さるるに我手出しがたくいる」という歌も詠んでいる。『菩提樹』は戦前から静岡県内で刊行されていた歌誌だ。シベリア抑留体験を持つ深澤福二氏の「たまきわるいのちの糧《かて》と蒲公英《たんぽぽ》のひとひらの葉の苦さむさぼる」など、この時代の静岡の先輩歌人たちの残した作品を、今後も丁寧に語り継ぎたい。

さわやかに八月富士の朝焼けを観《み》まく来《こ》しかばまなこはなたず

吉野秀雄

一九〇二年に群馬県高崎市で生まれ、一九六七年に亡くなるまでに『早梅集』『含紅集』などの歌集を残した吉野秀雄。大学在学中に結核を患い、中退せざるを得なかったものの、療養中に正岡子規、伊藤左千夫の短歌と出会い、作歌を志した。掲出歌は『晴陰集』に収められた歌。他にも「富士の裾愛鷹寄りの草山に日の当る見よ春は立ちにけり」など、何首も富士山を詠んでいる。掲出歌は長尾峠からの歌。

うつくしく動き止まざる滝とゐて心は足れど離れがてなく

窪田空穂

一八七七年に生まれた窪田空穂は新聞や雑誌記者を経て、母校の早稲田大学文学部教授に就任した。与謝野鉄幹に認められ、その後一九〇五年に「まひる野」を刊行。短歌のみならず、多くの長歌をつくったことでも知られている。掲出歌は静岡を代表する景勝地の一つ・白糸の滝を詠んだもの。富士の伏流水が幾条にも別れて落下するあの飛沫のすばらしさ。暑さしのぎに今日は滝の一首を紹介した。

富士が嶺のそのとがり秀《ほ》はあかあかと朝あけにけりむら山のうへに

前田夕暮

一八八三年に生まれた前田夕暮は二十一歳で尾上柴舟の門を叩き、二十五歳で短歌結社をおこして『向日葵』を創刊した。一九一〇年に刊行された『収穫』に収められた「木に花咲き君わが妻とならむ日の四月なかなか遠くもあるかな」などの作品で有名だ。掲出歌は一九四六年に刊行された富士山だけを詠んだ歌集の一首。富士山だけを詠んだ歌集を編んだのは近代では若山牧水と前田夕暮のものが有名だ。

自転車の少年二人　橋の上　いつかこの川　遡《さかのぼ》ろうよと

大塚陽子（三島市）

夏休みの今、静岡県内ではこんな少年たちの冒険も行われているのだろうか。一生に一度の少年時代。塾やゲームばかりではもったいない。幸い、静岡県には海も山も川もあって、天然のアトラクション群が豊富だ。心身をまるごと潤し、癒やしの中で鍛えてくれる自然もある。水面《みなも》を照らす夕日に横顔も照らされながら、少年たちの一生の思い出がたくさん生まれる夏であることを願っている。

見せばやな語らばさらに言の葉も及ばぬ富士の高嶺なりけり

宗良《むねなが》親王

後醍醐天皇の第五皇子である作者・宗良親王は、一三四四年九月下旬に当時の安倍城に到着し、約一年をこの地で過ごしたと言われている。南北朝を代表する歌人でもある作者。当時安倍城からは東の空に富士の高嶺を眺めることができた。この歌は京都にいた歌の師匠・二条為定卿に、富士の絵とともに送ったものだ。「見せたいな」「語ろうと思っても言葉は及ばない」という思いに共感する一首。

天皇の放送知らずその時間友らの死骸を焼きて居たりき

藤岡武雄

今年もまたこの日がやって来た。静岡を代表する歌人の一人・藤岡武雄氏は平成の世に刊行された『昭和の記録 歌集八月十五日』でこんな一首を詠んでいる。この時代の歌人には、戦友の屍を焼いた歌・胸に遺骨を抱えて戦ったという歌も在り、言葉に詰まる。今も癒えることのできない思いを抱えている人たちも決して少なくはないのだろう。あらためて、心から世界の平和を希求する八月十五日。

でこぼこの男爵薯《だんしゃくいも》にずんぐりの君の横顔重ねて拾ふ

大谷和子（旧引佐町）

農業を営む作者のユーモラスな歌。南米アンデス山脈が原産と言われるジャガイモ。北海道に在る男爵資料館によれば、男爵薯の生みの親とも言われる川田龍吉男爵は、イギリス留学時代に恋人ジェニーと食べた味を日本でも育てたいという思いから、薯の試験栽培をはじめたそうだ。国際結婚の難しかった時代。掲出歌ではないけれど、男爵薯の誕生にはこんな恋の物語も秘められていたのだった。

静浦の松原くれは香貫野や青田そよぎて日は傾きぬ

伊藤左千夫

豊臣秀吉が「露と落ち露と消えにし我が身かな浪花のことは夢のまた夢」の辞世の句を残して亡くなった今日（九月十八日）は、小説『野菊の墓』や「牛飼が歌よむ時に世のなかの新しき歌大いにおこる」の短歌でも知られる伊藤左千夫が生まれた日でもある。一八六四年生まれの伊藤左千夫は、一九〇五年以来、何度か沼津を訪問。「青田そよぎて」いた時代の静浦海岸などを訪れ、仲間たちとさまざまな短歌を詠みあったのだった。

上り行くままに高まり高まりて富士のいただき空に白しも

尾上柴舟

一八七六年に生まれた尾上柴舟は、歌人としては勿論、書家としても知られている。一高在学中に落合直文の浅香社に入り、現在の東京大学を卒業後、『叙景詩』を刊行している。平安時代の草仮名の研究を続け、後に「仮名書きの大家」とも呼ばれた尾上柴舟。掲出歌は『芳塵』に収められている。「上り行くままに高まり高まりて」の上の句は、富士登山をした誰もが、思い当たる感覚なのではないだろうか。

けんかする夫婦は口をとがらしてとんびとろろにすべりこそすれ

十返舎一九

天空をゆったりと舞うトンビのようにゆっくりとした気持ちでつくると、とろろは美味しくなるというわらべ唄が静岡には在る。掲出歌は「東海道中膝栗毛」で、宿屋夫婦がけんかをしながらつくったためにとろろ汁を庭にまいてしまい、とろろづくりのお師匠であるはずのトンビすら滑ってしまったというシーンの一首。東海道五十三次の二十一番目の宿場だった「丸子」には今もこの歌碑が残されている。

ひさかたの天《あま》つをとめがゆり掛けし羽ごろもの松はこれのこの松

北原白秋

白秋没後、木俣修によって編纂され、一九四九年六月十五日に刊行された『海阪』には白秋が三十八歳から四十二歳までの短歌千二百七首、長歌四首が収められている。この中に「羽衣伝説」というタイトルの一連があり、掲出歌のほか「まことにも清《すか》し松原天馳けて舞ひくだる翼《はね》のけはひこそすれ」といった一首も在る。「羽ごろもの松はこれのこの松」というダイレクトな表現に旅人である白秋の歓びと感動が伝わる。

古稀過ぎて生くる場問はれて思ふとき生涯農業ありがたきかな

増田晴夫（焼津市）

県内各地で今日も多くの農家が大地に向き合い、海では漁師が駿河湾と対峙しているのだろう。唐を代表する詩人・杜甫の「人生七十古来稀なり」という詩に由来する七十歳のお祝い「古稀」。この古稀を過ぎてなお大地と向き合い、「生涯農業」で暮らすことのできる幸せ&ありがたさを詠んだ作者。「日の昇る峠の径《みち》で地蔵尊に水を供へる老いに逢ひたり」という歌も詠む、温かなまなざしの作者の歌。

青草に夏日照り澄みひろびろと裾野傾けりそのかたむきを

木下利玄

一八八六年生まれの木下利玄は、五歳で旧足守藩主・木下利恭の養子となり、十代初めから竹伯会「心の花」に入り、頭角を現していく。一九一〇年には武者小路実篤や志賀直哉らとともに文芸雑誌「白樺」を創刊し、白樺派の代表的歌人となった。掲出歌は歌集『一路』に所収された「富士山へ上る」四十七首の中の一首。一九一九年七月に御殿場口から富士山にのぼったときのものだ。今では誉れ高き夏富士の歌。

卒業記念に吾子の植えたる檜苗直なる幹は屋根を越したり

石上久子（静岡市）

夏休みも終わりに近づくと少年たちの表情は夏のはじめとはずいぶん変わっていく。青空と入道雲。森や川や海、湖、風。静岡県が、校舎以外にもどれほど豊かな大地の校舎に恵まれているのかをひと夏でこどもたちも体感していくのだろう。春から夏、夏から秋、秋から冬と巡る中で、少しずつ、けれども豊かに伸びていくものを木々も教えてくれている。どんな巨木にも苗木の季節があったことを思う。

わが道はとほくはろけし飛躍は望むべからず一歩一歩を行く

佐佐木信綱

一八七二年に生まれ、一九六三年に亡くなるまでに歌人としても、万葉集の研究者としても、大きな業績を残してきた佐佐木信綱。第一回の文化勲章受章者でもある作者は、晩年、熱海市西山で過ごしながら〝いきなりの「飛躍」を求めず、「一歩一歩を行」こう〟としていた。道がどんなに遠くても、地道に着実に歩き続けることで辿《たど》り着く場所があるのだと、後世の私たちにも語りかけているのかもしれない。

森にゐて心なごむかおのづから筒鳥を吹く森の翁は

中西悟堂

中西悟堂は一九三四年に日本野鳥の会を創立した人だ。野鳥研究の専門家であるのみならず、歌人でもあった。柳田國男、北原白秋、金田一京助、半田良平ら各界の人々が当時、作者の呼びかけた富士での探鳥会に参加している。この歌で「森の翁は」と詠まれた高田兵太郎氏は、小鳥の声真似が巧く、技は神の域と言われるような人だった。作者は「兵さん」という詩も書き、この森の翁を讃えている。

白鷺のとび立ちてまた引き返す刈田に残る一羽のそばに

藤松一江（焼津市）

白鷺はどんな思いで引き返してきたのだろう。刈田に残っていた一羽は伴侶なのだろうか、それとも子供だったのだろうか。引き返してきた白鷺にもあたたかなものを感じたけれど、その場面をこんなふうに見つめて、丁寧に歌にあらわした作者のまなざしにも着目した。「ひと日置きに透析うけて命ある夫との日々のおろそかならじ」という歌も詠む作者。白鷺に重ねる思いもあったのだろう。

化粧などひとつもせずに終《つい》の日を迎へし母に薄く紅《べに》さす

石川礼子（富士宮市）

夏の終わりの今日はこんな挽歌を紹介した。「終の日を迎えた」母親に作者はどんな思いで紅を施したのだろう。化粧一つもしなかったという母。それでも、作者をはじめさまざまな人達を育《はぐく》み続けた豊かな一生だったのではないだろうか。五七五七七という詩型は、時に富士山のような大きなものも表現できるけれど、たった一人のためのわずかな一瞬にも尊い焔《ほむら》を手向《たむ》けることもできる。御冥福を祈りたい。

涙のみかきくらさるる旅なれやさやかに見よと月は澄めども

西行

「久能の山にて月を見てよめる」という詞書の付いた歌。「年たけてまた越ゆべしと思ひきやいのちなりけりさ夜の中山」でも有名な西行。一一一八年に生まれた西行は平安時代後期から鎌倉時代の歌人。煌煌と照る月は、寂しい時は私を眺めたらいいと言ってくれるけれど、涙でくもる眼には見えづらい。それでも月は明日も心細い旅人の傍らに居てくれる——出家して間もなかった頃の二十三歳の西行の歌。

まなかひの山はひびきて諸蟬のこゑするときぞ夏は深まむ

斎藤茂吉

一八八二年に山形県で生まれ、一九五三年に亡くなるまでに短歌史に大きな業績を残した斎藤茂吉。掲出歌は歌集「白桃」より。「死に近き母に添寝のしんしんと遠田のかはづ天に聞ゆる」などの歌で知られる茂吉は、一九三三年に伊豆の嵯峨沢温泉を訪問し、十四首を残している。生涯に一万七千九百首以上もの短歌を遺した茂吉。静岡では鮎の子や富士山も詠んだ茂吉の作品も今後、季節に合わせて紹介していきたい。

そこかしこ白き禊《みそぎ》の肌のごと暮れて光りぬ山の湖

与謝野鉄幹

一八七三年に生まれ、一九三五年に亡くなるまでに大学教授も務めた鉄幹。一九〇〇年に創刊した「明星」では後に夫人となる与謝野晶子のほか、北原白秋や石川啄木などの才能を見いだした。歌詠み仲間として新聞論説委員の島谷亮輔と親交のあった鉄幹・晶子夫妻はたびたび一碧湖にあった島谷の山荘を訪れ、多くの歌を詠んでいる。杜鵑や郭公の声を聴きながら、天地《あめつち》の恵み全てが彼らの詩心を育ててくれていた。

百分の二ミリの誤差にて戻されし単車の部品は夏の熱もつ

山本悦子（浜松市）

スズキ、本田技研工業、ヤマハ発動機など、世界市場を席捲する企業が幾つも生まれている静岡県西部地域。ＪＥＴＲＯ（日本貿易振興機構）によれば浜松には、「〝やってみよう〟を意味する『やらまいか』精神のもと、オンリーワン技術を持つベンチャー企業は今も続々と生まれている」のだそうだ。そんな浜松の作者の歌。一四〇〇年の詩歌史で、「百分の二ミリ」の世界を詠んだ歌は決して多くはないだろう。

校庭の木々に季節を教室の児等に希望を今日も教わる

桜井雅子（旧浜北市）

教師の歌。「校庭の木々」は季節を、「教室の児等」は希望を作者に教えてくれていると詠む。祖父母が教師だったこともあってか、教壇に立つことが私もとても好きだ。小学校から大学院まで、全国から講演や授業を、と言われると日程を調整してできる限り児童や学生に会いに行くようにしている。木々が色づき、表情豊かに着飾っていく季節。こどもたちの感性も豊かに綾《あや》なす秋であってほしい。

東海の波重《かさな》りて急に寄り風の聲立つもちむねの磯

与謝野晶子

富士も駿河湾も臨む静岡市用宗に暮らし始めた今、一九三六年に刊行された雑誌「冬柏」の記事を取り寄せて、与謝野晶子が用宗海岸を訪問して詠んだ四首を探した。近年、晶子の歌碑を用宗に、という声も在ると聞く。県の全ての小中学校に地域の名歌の歌碑が立つ都道府県が日本に一つくらいあってもいいと思うが如何《いかが》だろう。富士に多くの花が咲くように、ふじのくににも多くの詩歌の花が咲いている。

「秋だね」とつぶやく亡母《はは》のいるごとしバス待つふる里曼珠沙華咲く

相原明子（旧大仁町）

彼岸花とも言われる曼珠沙華は、夏の終わりから秋の初めにかけて、道端で紅い花を咲かせる。北海道から沖縄まで日本全土で見られるほか、学名の「リコリス」はギリシャ神話の女神の名にちなんだものだ。『万葉集』の「いちしの花」が曼珠沙華だという説も在るほど、昔から日本列島の大地を彩り続けてきた。亡き母からのつぶやきに感じたのもこの時期を選んで咲く彼岸花だからこそなのだろう。

諦《あきら》めて離農したるに収穫の季節となれば心ゆれいる

加藤まさ（旧清水市）

掲出歌のほかに、旧金谷町の水野和江さんは、「我が代にて農は絶ゆるかと独り立つ夕の畑に月は昇りぬ」という短歌を詠んでいる。天候の影響を受けやすい農業は大変な仕事だ。諸事情で長年の仕事を諦める人も居るのだろう。それでも、とても尊い仕事であることに変わりはない。収穫の秋。育んでくれた大地はもちろん、朝に夕に丹精込めてくれた人々にも思いを馳せながら、今日も恵みを戴きたい。

秋茜空一杯にひろがりて明日も頑張れと誰かささやく

鈴木星彦（富士宮市）

今日は健康長寿を祝う重陽の節句。どこまでも高い秋の空。そんな季節の夕暮れの茜空。さみしい事があっても、不安な事があっても、空は今日も生きとし生ける生命を見守ってくれている。世界がどんなに広くても、この空に包まれていない人は居ない。この大地に育まれていない人も居ない。「明日も頑張れ」と囁いてくれる〝誰か〟は、私たちが思う以上に、実はたくさん居るのではないだろうか。

椎の実を拾えば熱く思い出すきびきび炒りし亡母《はは》の笑顔を

佐藤睦子（旧清水市）

秋は、時空を超えた場所に居る人々に何かを語りかけたくなる季節だ。ある人は「椎の実を拾」いながら、ある人は海岸線を歩きながら、別の人は梨を食べながら、天国に暮らす誰かに心を這わせ、そっと言葉も交わしている。元気ですか、そちらは皆で仲良く暮らしていますかｅｔｃ…。誰かにふと語りかけたくなった時、実は相手も私たちに何かを語りかけようとしてくれているのかもしれない。

いちばん星の唄うたいつつ湯上がりの夜道を帰る孫の手ぬくし

浅田千代（旧天城湯ケ島町）

「新米を味はふ孫ら　夫《つま》に向き　おいしいごはんありがたうと言ふ」（小長谷よ志乃）など、静岡でもさまざまな孫を題材にした短歌が詠まれている。いつか日本中の孫を詠んだ祖父母の歌集《アンソロジー》や祖父母を詠んだ孫たちの歌集も編んでみたい。「子と孫の祝ひてくれし金婚の旅のいで湯に肩沈めをり」（塚本美枝子）―こんな歌を詠むことのできる祖父母の笑顔が、いつの世も溢れる静岡県でありますように。

更生を誓ふ言葉を信じたき老盗人の調書したたむ

瀧けんじ（旧天竜市）

二〇一〇年四月一日に発表された「罪種別、年齢別検挙・補導人員」（二〇〇八年度、『統計年鑑』）によれば、静岡県での検挙人員は年間八千百三十人だ。このうち六十五歳以上は千二百七十七人となっている。窃盗犯だけに限定すると四千五百三十人のうち、六十五歳以上は九百四十五人。約四・七九人に一人になっている。こうした社会の現実の中、老盗人の調書を書く作者。「更生を誓ふ言葉を信じたき」という言葉に人柄と思いが滲《にじ》んでいる。

靴はきて歩きはじめし幼孫凧浮くごとくふわふわと行く

大石真由美（富士市）

「凧浮くごとくふわふわと」という比喩がこの頃の幼児の状況を思い浮かべさせ、なるほどなあと共感する。日常会話では「よちよち歩く」などと描写されがちな中、「凧浮く」という作者独自の表現を見いだしたことで、この一首がオリジナリティーに溢れた作品となっている。ＤＶＤやビデオカメラなど、映像での記録が多い現代。けれども、こんなふうに祖父母の〝感性〟で孫の成長をスケッチする幸せ。

平穏に終ること何か悪からむ伊豆晴れて武衛《ぶゑい》柿を愛せり

馬場あき子

「頼朝を問はむと佇てば稲稔る蛭ケ小島にあきつ生《あ》れをり」などの歌もあり、「あきつ生《あ》れをり」のあ音の活かし方をはじめ、繊細な表現が際立つ作者。掲出歌も単に「柿を愛する」と詠むのではなく、「武衛柿」という固有名詞を入れ込むことによってこの空間だからこその一首に仕上げている。いつか機会があれば静岡県の舞台芸術センターなどを活用して日本を代表する歌人を集結させた歌会も演出してみたい。

牧水の墓のほとりのはぐれ雲昭和三年は遠いなあ雲よ

佐佐木幸綱

一九三八年十月八日に生まれ、早稲田大学政経学部元教授で、現在は現代歌人協会理事長を務める佐佐木幸綱。祖父・信綱はもちろん、父・治綱も母・由幾も歌人で、最近では息子・頼綱も竹柏会「心の花」東京歌会に参加している。掲出歌は歌集『アニマ』より。「牧水への旅」という連作の中に沼津の三首が在る。「昭和三年」は牧水の亡くなった年だ。九月十七日は、若山牧水の命日。

牧水がさびしく逝きし富士が嶺の沼津の町は秋かぜの町

吉井勇

九月十七日は「牧水忌」。一九二八年のこの日、若山牧水が生涯を終えた。吉井勇は「牧水を憶ふ」という連作で牧水への挽歌を残している。亡くなる数年前、静岡県が千本松原の伐採を計画した時、先頭に立って計画を中止へと導き、この千本松原の景観を護ってくれた牧水。そんな牧水の沼津での人生最後の数年と静岡での歌についてはこれからも国内外の人たちに伝え続けていきたいと思っている。

いきのこる紙子《かみこ》の仲間われ今宵君をぞ悼む胸裂くるがに

法月俊郎〈吐志楼〉

前頁で吉井勇の「牧水がさびしく逝きし富士が嶺の沼津の町は秋かぜの町」という挽歌を紹介した。掲出歌はそんな勇が一九六〇年に七十五歳で亡くなった時に静岡の歌仲間だった作者が詠んだ歌だ。勇の作品に惹かれた人が、かつて「可美古会《かみこ》」をつくり、静岡での日々を支えていた。作者は郷土史家でもあった人。「侘び住みも楽しと詠みし駿河路にふたたび君を迎ふ日ぞなき」という挽歌も遺している。

丸き背は厳しき農に耐へて来し苦節の歳月なり山峡に生きて

飯田鉄郎（東伊豆町）

静岡県のホームページによれば、茶（生葉）、わさび、ネーブル、葉しょうが、温室メロン、普通温州みかんの各収穫量など、さまざまな「日本一」がある静岡県。時代を超えて、多くの農業の歌も詠まれてきた。これからは大地と共に暮らす人々の短歌がさらに注目される時代になると思う。大地を耕しながら、人生も感性も耕している農歌人の滋味豊かな歌を今後も紹介していきたい。

日《ひ》の本《もと》の誇のよき茶いでたりとほほゑみまさむ聖一国師も

佐佐木信綱

一二〇二年駿河国の栃沢に生まれた聖一国師は、静岡茶の茶祖として知られている。四条天皇の時代に中国に行くことを許され、帰国後、母への土産として茶の実を持ち帰った。現在の足久保に聖一国師は茶の実を植え、それが後世ここまで広がっていくことを予測すらしていなかったかもしれない。「日の本の誇のよき茶」—そんな静岡茶は母の健康を気づかう一人の男の優しさから始まったものだった。

農を継ぐ子のなき兄の草笛が今年かぎりの稲田にひびく

伊藤さだ子（沼津市）

約三万年前、旧石器時代には既に人が住み始めていたと言われる沼津市。弥生時代には稲作が行われていたことが雌鹿塚遺跡の調査からも明らかにされている。この地で古来どれほどの人々が実る稲穂の恩恵を受けてきたのだろう。そんな米作りを諦《あきら》めざるを得なかった兄を詠んだ歌。兄はどんな旋律《メロディー》をこの草笛で奏でたのだろう。大地の素材の草笛だからこそ奏でたい思いが在ったのかもしれない。

山畑の秋のみのりのはてにして凪《なぎ》の明るき伊豆の海見ゆ

木俣修

「秋分の日」の今日はこんな一首を紹介してみた。一九〇六年に滋賀県彦根市に生まれた木俣修は、北原白秋に師事し、白秋創刊の雑誌の編集や遺稿整理なども行った。国文学者として、戦後は複数の大学で教鞭《べん》もとり、宮内庁御用掛として昭和天皇の和歌指導も担当していたことでも知られている。そんな作者が見つめていた「凪の明るき伊豆の海」。掲出歌は、歌集『市路の果』に収められている。

わたつみの海に背きて富士の峰に諸向《もろむ》く松は山恋ふるらし

伊藤左千夫

一八六四年生まれの伊藤左千夫は『歌よみに与ふる書』に感銘を受け、正岡子規に師事。子規の没後は『馬酔木』『アララギ』の中心人物となり、斎藤茂吉・土屋文明らを育てたことでも知られている。小説『野菊の墓』は『ホトトギス』に発表され、夏目漱石にも評価された。そんな左千夫が沼津に来たのは『野菊の墓』が発表された一九〇五年。海に背く松を「富士の山に恋している」と詠むユーモラスな歌。

雪の富士車窓に映えておのづから帽を取りたり旅する我は

田谷鋭

現代の著名歌人の歌。静岡県では今、二〇一一年二月二十三日の発表に向けて、全国から〝好きな富士山の短歌〟を募集している。以前ＪＩＣＡ（国際協力機構）の委員で一緒だった川勝知事に「富士山百人一首」を創りましょうと提案したのが今年の春。富士山百人一首をつくった後は、いずれ百名山全ての百人一首もつくり、総計一万首を日本の文化遺産として今後、世界にも紹介していきたいと思っている。

腰曲げて膝に手を当て歩きたる亡母《はは》の声するふるさとの風

池ケ谷富士子（焼津市）

今日（九月二十六日）は焼津を愛した小泉八雲（ラフカディオ・ハーン）の命日。東京大学で教えていた八雲は日本に関した物語・随筆を多数発表している。焼津に最初に訪れたのは一八九七年八月四日。以後亡くなる一九〇四年も含め、毎年のように焼津で夏を過ごした。故郷の風に亡き母の声を聞いた掲出歌を読みながらふと八雲を思い出したのだった。秋風は時として時空をも超えた対話をもたらしてくれるものなのかもしれない。

山の湯に雀の居りて朝夕に餌《え》を拾ふこそやさしかりけれ

島木赤彦

明治・大正期に活躍した作者の優しいまなざしが滲み出ている歌。雀が餌を拾う日常の小さな場面を丁寧に見つめ、命の愛《いと》しさを讃えている。「やさしかりけれ」と詠嘆するあなたこそ「やさしかりけれ」だと餌を食《は》む雀たちも思っていたのかもしれない。教師でもあった作者は、赴任地の小学校で当時珍しかった野球を熱血指導したこともあった。童謡詩人として名高い作者ならではの船原温泉での歌。

雲の上《へ》に太陽の光はいできたり富士の山はだ赤く照らせり

皇太子殿下

二〇一〇年の歌会始のお題は「光」だった。一昨年夏に富士山に登られた皇太子殿下は歌会始にこの一首を提出されている。富士山で眼下に広がる御来光に恵まれた殿下は雲海から昇る日光が山肌を燃えるように赤く染めあげていた情景に感動し、この一首を詠まれたのだそうだ。地球に二つとない「不二」が世界的名峰《めいほう》であるならば、太陽は宇宙的な名宝《めいほう》でもある。天地の豪華な共演に包まれた至福の刻《とき》の歌。

天城山けさよく晴れて兄弟《はらから》の二つの峯が明らかに見ゆ

山口茂吉

作者の山口茂吉は一九〇二年兵庫県生まれ。アララギ派で斎藤茂吉の助手を務めていたため「アララギの小茂吉」とも呼ばれた。「斎藤茂吉全集」の編集に尽くしたのは、この山口茂吉だった。一読してわかりやすく、思わず覚えてしまう歌。作者は、嵯峨沢の鮎や鬼やんま、かなかななど、静岡のさまざまな生きものたちも詠み込んでいる。一九五八年に亡くなるまでに、『杉原』『鉄線花』などの歌集を遺した歌人。嵯峨沢温泉での歌。

わが子孫に伝えねばならぬ茶産業に かけ来し誇り持ちて歩めと

柴田きょう（島田市）

一五八七年十月一日、豊臣秀吉が北野で大茶会を開いたことにちなみ、今日（十月一日）は「日本茶の日」なのだそうだ。県によれば、茶の摘採実面積は一万八五〇〇ヘクタール＆荒茶生産量四万百トン（二〇〇八年）。これは全国の約四二％にも及んでいる。掲出歌はそんな日本を代表する茶処に関わる気概と誇り。近年、アジアでもアフリカでも注目されている「緑茶」づくりに関わる農家の思いがとても頼もしい。

畦道にたしかにつとめ果したと案山子《かかし》の親子大の字にねる

耳塚常雄（旧水窪町）

この夏の炎天下を乗り切ったのは決して農家ばかりでなく、「案山子」も、そうなのかもしれない。案山子をこんなふうに擬人化し、「たしかにつとめ果したと大の字に寝ている」と詠んだ作者の感性が楽しい。何気ない風景を独自の視点でユーモラスに表現するのはたやすいことではない。大地や農家はもちろん、実はこうした案山子親子のおかげで、私たちは今日もおいしい御飯をいただくことができている。

夕暮の畑に南瓜《かぼちゃ》を切り採れば日の温もりの残りていたり

加藤まさ（旧清水市）

世界各地で栽培されている南瓜は南北のアメリカ大陸が原産だ。日本には天文年間にポルトガル人がカンボジアから持ち込んだと言われている。夏から秋にかけて収穫することが多い日本の南瓜栽培。野菜の中でも特に強健でキュウリやメロンの接ぎ木の台にすることもあるそうだ。そんな南瓜を夕暮の畑で収穫した作者。日を浴びた南瓜にはカロテンやビタミンAなど多くの栄養素が含まれている。

つぶら実を日に照らさせて大富士の前に枝張る一本の柿

尾上柴舟

秋の富士山を詠んだ有名な一首で、ぜひ静岡の人々に知ってほしい歌。書家でもあった尾上柴舟の代表作だ。雄大な富士と一本の柿との対比。春に富士と桜の組み合わせがあるように、この秋富士と柿の組み合わせも時代を越えて愛され続けている。この時期の富士を詠んだ俳句に中村草田男の「秋富士は朝《あした》父夕《ゆうべ》母の如し」がある。朝は父で、夕は母。そんな懐深い富士を前に凛と枝を張る柿の美しさ。

かけめぐらす白いと千すぢ秋の日の光さし貫きたまゆらの虹

佐佐木信綱

景勝地・白糸の滝の「秋」を詠んだ一首。千筋もの白糸のような滝に秋の日がさして、一瞬の虹が生まれている光景を詠んでいる。三十メートルもある場所から富士山の伏流水が幾条にも分かれて落下していく滝飛沫は、真夏にもとても壮観だけれど秋には秋の風情もある。ミュージカルや歌舞伎もすばらしいけれど、大自然が演出し、そのまま演者となるこの自然の舞台の圧巻さにはかなわないのかもしれない。芸術の秋。時には大自然の奏でるミュージカルも堪能してみたい。

この森の朝光《あさかげ》深し宮司来てぬれし落葉を焚きそめにけり

穂積 忠《きよし》

一九〇一年伊豆で生まれ、旧制韮山中学校から国学院大学に進学した作者。当時名高かった北原白秋に十六歳で師事。進学後は折口信夫（釈迢空）に民俗学を学び、二人の師に愛された。掲出歌は三島大社を詠んだ歌。一九四八年に三島南高校校長となったあと、一九五四年に在職中に亡くなるまで同校校長を務めていた作者は県内各地で多くの歌を遺している。今後も季節に合わせて、さまざまな作品を紹介していきたい。

山葵田のところどころに水楢が落葉して立つ幹のまぶしく

秋葉四郎

今日（十月八日）は、「木の日」。「木」の文字が「十」と「八」という組み合わせでできていることから一九七七年に誕生した記念日だ。紅葉を讃えた歌が多い中で作者は「幹」のまぶしさに着目した。花や実を支えている「幹」、更には人目に触れることはなくても土の下で確かな役割を果たし続けている「根」の尊さ。目立つものばかりでなく、私もこうした支える存在の美しさを讃えることのできる人間でいたいと思う。

亡き夫の馴染みし鍬の捨てがたく弛《ゆる》びたる柄にくさび打ち込む

土屋さち子（御殿場市）

今日（十月九日）は世界郵便デー。一八七四年のこの日、世界全体に自由に郵便を出し合えるように万国郵便連合（ＵＰＵ）が結成されたのを記念して、一九八四年から記念日となった。作者はもう、夫に直接手紙を出すことはできない。けれども夫の遺してくれた「鍬」がどんな手紙よりも手紙であるのだろう。共に汗を流した「鍬」。この柄に丹念に打ち込んでいく楔《くさび》も、夫への心の手紙の一文字一文字なのかもしれない。

眼の手術待つ弟は窓により藍ふかき富士にながくまむかう

瀬戸つね子（御殿場市）

これまで何首か、富士山を詠んだ短歌を紹介してきた。今日は視力を失うかもしれない男性が長く富士と向き合っている姿の一首を取り上げた。万が一の状況によっては、富士を観る最後の機会になるかもしれない。どんな思いで主人公は、富士＆自分自身と対峙していたのだろう。今日（十月十日）は「目の愛護デー」。眼に限らず、当たり前すぎて日頃忘れてしまっているものの尊さをあらためて思い返したい。

浄瑠璃の語り手よりも介添えの三味の音色の身に沁みるなり

佐藤徳子（沼津市）

雄弁な語り手よりも介添えの仕事に眼が行き、心惹かれるということが日常生活にも在る。自分さえよければ、といった思いが社会を覆う昨今、己の座を知り、全体の為にひたむきに責務を全うしている姿が心を潤してくれるからなのだろう。秋の夜長。この一首での「三味の音色」のような存在が自然界にはとても多いことを実感する。三味のような存在の醸し出す音色に、時には耳も心も傾けたい。

背を丸め少し小さくなりし母我より栗の収穫多し

植松清子（裾野市）

今日（十月十四日）は「ＰＴＡ結成の日」。一九五二年のこの日に「日本父母と先生全国協議会」が誕生したことに由来する。先生や親のこどもを見守る短歌を、と思って探していたら、思いがけずこの歌と出会い、こちらを紹介したくなった。少し小さくなっても、栗の収穫はまだまだ多い母。そんな母を見護る作者のまなざしも温かい。収穫した栗の御相伴にあずかったような、幸せな気持ちにさせてくれる歌。

たよられてわれもたよりて老い二人一病もてば日々の尊し

篠原カク（富士宮市）

今日（十月十五日）は「たすけあいの日」。一九六五年、全国社会福祉会議でこの日が制定された。どんなに強がっていても、一人で生きられる人はいない。『地球版・奥の細道』づくりのために世界を巡る中、国籍も超えた多くの人たちに愛され、活躍している人は皆、実は「支え上手」でもあることを実感したことがある。「一病もてば日々の尊し」――〝病〟も多くの事を教えてくれる教師のような存在なのかもしれない。

菜のみどり人参の赤茄子の紺農に色あり農に幸あり

萩原桂葉（静岡市）

世界を旅していると生命《いのち》を育む大地はどれほどまでに豊かな色彩なのだろうと思う。緑に萌黄色や裏葉色、鶸《ひわ》色などがあり、赤にも紅緋色や朱色、赤蘇坊などがあり、青にも露草色や藍色、瑠璃色などがあるこの地球。どれほどの思いでどなたが幾十億年もかけながら、こうした大地の色彩を産み、育んでいったのだろう。今日（十月十六日）は世界食料デー。食はもちろん、土や風、火や水にも感謝をしながら過ごしたい。

弘法の昔よりなほあたたかに湧きて独鈷《とっこ》の湯ありがたきかな

吉井勇

国内を旅していると弘法大師とゆかりの深い温泉が全国にあることを実感する。八〇七（大同二）年、修善寺を訪れた弘法大師は、病気に倒れた父親の体を洗う少年の親孝行に感動して、独鈷杵《きね》を用いて温泉を噴出させたという。桂川沿いにある独鈷の湯。千年以上「あたたかに湧きてありがたき恵み」をもたらし続けている大地の鼓動の凄さをあらためて思う。潤い豊かな温泉は地球の肌なのかもしれない。

チョットコイ朝もやの中小綬鶏《こじゅけい》のさみしがり屋が友を呼びけり

芦川由希子（富士市）

作者は富士の麓で無花果《いちじく》づくりをしている農業歌人。ここで生産される無花果や作者の義母の煮た無花果煮は、民放のテレビ番組で紹介されたこともあって、すっかり人気になっている。できるだけ農薬に頼らず、自然のままで育てることをモットーにしているという作者。小綬鶏へのまなざしもとても温かい。さみしがり屋の小綬鶏。この高い秋の空に、つい鳥も切なくなってしまったのかもしれない。

農に嫁《か》し農を楽しむ日々《にちにち》と友は笑《え》まへるいちじく畑に

岩ケ谷佐佳恵（静岡市）

前頁で紹介した富士市の農業歌人・芦川由希子さんのことを詠んだ歌。芦川さんの育てる無花果《いちじく》と芦川さんの義理のお母様が作る無花果煮は美味しくて、県外でも人気がある。日々富士を仰ぎ、早朝から作物の手入れや収穫を始め、日の入りと共に休むという暮らしをしている生産者。無花果を育てつつ、自らの果実のような笑顔も実らせている。そんな友を詠む作者のまなざしもまた、とても温かい。

茶の木なる白花《しらはな》のごと泡ながる落合橋に川をのぞけば

与謝野晶子

与謝野晶子の生涯の歌を眺めつつ、あらためて静岡県内で詠まれた作品の多いことを実感する。熱海、天城、三津、清水、富士、用宗、遠江ｅｔｃ…。地元ならではの固有名詞も多い。掲出歌の「落合橋」もその一つ。伊豆湯ケ島を秋に訪れた時の一首だ。川の泡を「茶の木の白い花」に喩《たと》えた感性が秀逸。機会があれば、静岡を詠んだ若山牧水や吉井勇、与謝野晶子の歌集をそれぞれに編んでみたい。

曲の音《ね》に背すじのばして立つ舞台八十には八十の舞もあらんか

鈴木芳子（裾野市）

「八十には八十の舞もあらんか」という作者の想いに共感。詩歌の世界でも九十代で誉れ高き歌を残した歌詠みも多く、「八十には八十の舞」を、「九十には九十の歌」をとも思う。静岡での舞といえば、「初心忘るべからず」という言葉を残した世阿弥の、父親・観阿弥が一三八四年に静岡浅間神社で奉納の舞を行ったことが有名だ。観阿弥はかつてどんな思いで駿河の地から天地に舞を捧げたのだろう。

幼子の拾いて来たるもみじ葉に書きておきたり所と日付けを

芦沢とみ子（富士宮市）

孫を詠んだ一首だろうか。行動を見守り、慈しむ作者のまなざしがとても温かい。秋の陽だまりのようにも感じられる。静岡県内だけでもこの秋もどれほどの木々が色づき、どれほど多くの葉が風に揺られながら大地へと還っていったのだろう。その何億枚もの中でも、こんなふうに所と日付を書き込まれることによって特別な一枚へと昇華したもみじ葉。祖父母の想いは、いつも温かく尊い。

軒さきの竹にとまれる鵙《もず》の子がわれを見てをる美しきかな

若山牧水

「富士よゆるせ今宵は何の故もなう涙はてなし汝《なれ》を仰ぎて」などの大きな題材に対峙した作品も多い一方、「鵙《もず》の子」のような小さな命に対しても丁寧なまなざしを向け続けた若山牧水。そこが時代を超えて愛される由縁なのだろう。自然こそ何よりもの学び舎だと知っているから、大きなものにも小さなものにも変わらずに尊さや価値を見いだしていた。牧水の自然詠には体温があって人柄が滲み出ている。

おだやかな午後の日差しに輝きて花かとまがう柿の熟れ実は

勝又さだ子（御殿場市）

一八九五年十月二十六日は、正岡子規が奈良で、有名な「柿くえば鐘が鳴るなり法隆寺」という句を詠んだことから、「柿の日」なのだそうだ。ちょうど柿が美味しい時期ということもあり全国果樹研究連合会カキ部会が制定している。秋の陽射しを浴びて花かと見間違えるほどに美しい柿の実。食用の実はもちろん、葉は茶になり、幹は家具材となり、柿渋は防腐剤にもなるという恵みの果実だ。

秋の風わたればさやぐ大欅木が木であることに満ちたりている

飯泉千春（富士市）

国際的に活躍しているあるかたから、他者と比較しているうちはその相手を乗り越えることができない。本当に乗り越えるべきなのは他者ではなく、昨日まで・一瞬前までの自分自身だと聞いたことがある。そうやって自分自身を乗り越えようとしているうちに器は自ずと備わってくるよ、と。掲出歌の「大欅」も決して他者と比較はしない。見渡せば自然界にこそ、日々の御手本は在るのかもしれない。

大《おほ》の浦《うら》のその長浜に縁《よ》する浪《なみ》寛《ゆた》けく公《きみ》を念《おも》ふ此日《このころ》

聖武天皇

「万葉集」に収められた歌。遠江守《とほつあふみのかみ》櫻井王の詠んだ歌に返答する形で贈られた一首。「大浦の長浜に寄せる波のように心安らかにゆったりとあなたを思うこの頃です」という意味で解釈されている。七一四年に皇太子となり、七二四年二月四日に即位した聖武天皇。東大寺の大仏造営を行ったのが聖武天皇で妻の光明皇后は病人や孤児のための施薬院や悲田院などの福祉施設を創ったことでも知られている。

亡き母に似てきたりしとわれに言う弟もまた亡き父に似る

菅原みさ子（浜松市）

戦争がなくなることが「平和」だと思っていた時、ある国の男性からもし何かがあったら血は繋《つな》がらない。長く家族を繋いでいくということも「平和」の指標ではないかな、と言われたことがあった。平和づくりは遠くからではなく、まず自らの足元「家庭」からだよ、と。家族や姉弟《きょうだい》といった基本を大事にすることから生まれるもの。受け継いだものを着実につないでいく――その豊かさも信じたい。

朝食の卵かけめしいちばんの贅沢であった戦後のあの日

増井隆夫（藤枝市）

十月三十日は島根県雲南市の「日本たまごかけごはん楽会」が制定した「たまごかけごはんの日」。美味しい新米の出回る時期ということで、二〇〇五年十月三十日に「日本たまごかけごはんシンポジウム」が開催されたという。記念日制定には食文化やふるさと・家族を考えるきっかけに、という願いも込められているそうだ。掲出歌の時代にも思いを馳せつつ、今日は「たまごかけごはん」を味わってみたい。

釘ぬきで舌ぬく閻魔おそろしく嘘つけぬ児になりにけるかも

曽宮一念

一八九三年に生まれ、一九九四年まで生きた画家・曽宮一念。長男の戦死や両眼失明による画家廃業など幾多の試練も乗り越えながら、文筆家としても活躍し、晩年は短歌も遺した。疎開先だった富士宮市に移り住み、火の山を描いた作風で知られている。短歌は失明後に始めたそうで天衣無縫の味わいがある。亡くなった三日後には支え続けた妻も死去。二人は今も天国で一緒に暮らしているのだろうか。

曇らねば誰が見てもよし富士山《ふじのやま》生まれ姿で幾世経《ふ》るとも

二宮尊徳

一七八七年に現在の小田原市に生まれた二宮尊徳も富士山の歌を詠んでいる。十四歳で父を、二年後に母を亡くした尊徳は、日夜一生懸命に働き、寸暇を惜しんでは勉学に励んでいた。生涯で多くの町おこし・村おこしも成し遂げている。曾孫・二宮四郎は富士山麓に「富士豊茂開拓農業協同組合」を発足させた人物だ。幾世を経ても変わることのない富士山を、二宮尊徳は子供の頃からずっと仰ぎ見ていた。

はるばると富士の山さへ仰がれてこの朝晴れの秋の空かな

渡辺順三

一八九四年に富山県に生まれ、一九七二年に亡くなった渡辺順三。小学校校長を務めた父が十二歳の時に亡くなり、中学を中退し、母と共に上京。家具店に住み込みで働き始めた。その後、窪田空穂に師事して短歌を作り出し、啄木にも影響を受けた。掲出歌は一九二四年に刊行された歌集『貧乏の歌』の一首。貧困と病苦の中でも勤労者の生活実感を常に大事に詠み続けてきた作者の歌を今日の文化の日に紹介した。

逆転に夢つなぎたしツーアウト代打の君のバット見つめて

桜井仁

一九四六年十一月四日、ユネスコ（国際連合教育科学文化機関）が発足した。教育者の歌をと、県内の高校で教鞭をとる作者の歌を紹介した。『山の夕映え』より。この歌集には高校野球の歌も多い。レギュラーのみならず、「代打の君」にも向けられるまなざしの温かさ。掲出歌は必ずしも野球だけでなく日常のさまざまな場面に通じるのだろう。日々努力を重ね、一打席にかける「代打の君」に幸あれ。

命ある今日が奇蹟と思うまで夕べ光の中の秋富士

谷岡亜紀

亡くなった後、『水の粒子』という歌集が編まれた二十四歳の夭折歌人・安藤美保さんを悼んだ歌。お茶の水女子大学大学院修士二年だった安藤さんは研修旅行先の山で、事故で亡くなった。期待の若手歌人だった安藤さんは多くの先輩たちからも愛されていた。亡くなった年に発表されたのが先輩歌人でもあった作者の一首だ。「命ある今日が奇蹟」—光の中の秋富士に、作者は何を視《み》ていたのだろう。

富士に雪われに装う何あるや晩秋はかく過ぎゆきにけり

福島泰樹

『晩秋挽歌』に収められた一首。一九四三年東京生まれの作者は、早稲田大学在学中から短歌会に所属していた。住職でもある作者は「短歌絶叫コンサート」をこれまでに千ステージ以上、実施している。短歌は活字にするだけでなく、謡いあげるものだと提唱した作者。中原中也、寺山修司、美空ひばりなど、個性豊かな人達をこれまで短歌で追悼してきた。掲出歌は、晩秋の富士の名歌として誉れ高い歌。

水あびて眉にしたたる雫みればわがたましひも澄む心地すれ

若山牧水

今日は「立冬」。暦の上ではこの日から冬が始まる。掲出歌は歌集『山桜の歌』に収められた一首。連作の中には「衰ふるいのちとどむと朝朝をとく起きいでて水浴ぶるあはれ」「寒《かん》の水に身はこほれども浴び浴ぶるひびきにこたへ力湧き来《きた》る」などもあり、牧水が朝から水浴びをしていたことがうかがえる。富士も松も海も雲雀も愛し、晩年は静岡で過ごした牧水。もっともっと長生きしてほしい歌人だった。

見えるもの見えなきものを等分に分けて与ふる夕食の皿

遠藤若葉（静岡市）

掲出歌を読んで、家族の食卓を任される人のことをあらためて思う。ある家庭ではお母さんかもしれない。おばあちゃんかもしれない。お父さんというところもあるだろう。どんな場合でも等分に分け与えられていくものの温かさ。家庭のみならず、外に目を向ければ空気も水も太陽の光も誰もが自然から分けてもらっている。色々なものを〝等分〟に分けている自然は丸ごと皆の親なのかもしれない。

万国の博覧会にもち出せば一等賞を取らん不尽山

正岡子規

古来、多くの歌人が富士山を詠んできた。その中でも特に印象に残る歌。上海万博が行われた二〇一〇年ぜひこの歌を紹介したいと思った。一八六七年に現在の愛媛県松山市に生まれ、三十代で亡くなるまでに俳句・短歌・小説・随筆など、多岐にわたって創作活動を行った子規。江戸時代以前の古書から富士山に関する記述を抜粋した『富士のよせ書』（一八九〇年刊行）の編者の一人としても知られている。

なにごとも変りはてたる世の中に昔ながらの不二の神山

徳富蘇峰

どんなに時代が変わっても変わらずに聳《そび》えているものが在る。どんなに遠く離れていても変わらずに見守ってくれているまなざしが在る。父の荘厳さも在り、母の優しさも在り、祖父の大らかさも在り、祖母の慈しみもある富士山。どんな神社よりも本当はこの富士山こそが天地の神殿なのかもしれない。世界に二つとないから「不二」。恩恵は尽きることがないから「不尽」。今日も皆で御姿を仰ぎたい。

雀らはいづこに眠るまたあした目覚めて日がな天の子となれ

高橋啓一（沼津市）

雀はどこで眠るのだろう、と詠む作者。「またあした目覚めて日がな天の子となれ」という視線が温かい。大宇宙から見たら、雀もメダカも冬薔薇も地球もすべてが「天の子」なのだろう。悲しいことがあっても淋しいことがあっても、眠って起きればまた新たな一日がやって来る。この宇宙には「天の子」でない命はないのかもしれない。今日も一日、人間のみならず、雀にも佳き日でありますように。

降る雨に打たれながらも鵯《ひよどり》は羽根を広げて雛鳥庇《かば》ふ

関原くみ子（伊豆市）

日本や台湾、中国などで見られる鵯。国内では里山や公園でも見ることができ、とてもなじみの深い野鳥だけれど、世界的には珍しく、海外のバードウオッチャーが鵯を観に日本に来ることもあるという。俳句では秋の季語で与謝蕪村が、「ひよどりのこぼし去りぬる実のあかき」という句を詠んでいる。自らは雨に打たれても羽根を広げ、雛鳥を庇っている姿。親の逞しさ、尊さをあらためて思う一首だ。

手の平で丸大根の土落とす赤子の肌を撫でやる様に

久保みさ子（伊豆市）

丹精込めて育てられる丸大根。京野菜の代表とも言われる通称〝丸大根〟こと聖護院大根は、十一月から二月頃までが旬だ。煮物でもソテーをしても美味しい。作者には他に「『早起きは三文の徳』と畑に立ち露の滴るトマトほほばる」「漬けてよし煮ても焼きても皆旨しまあるい茄子がたわわに実る」など、食材を盛り込んだ歌が多い。自ら畑に立つからこその実感が込められていて、どれも温もりがある。

ここちよく晴れたる秋の青空にいよいよはゆる富士の白雪

大正天皇

これまでに、明治天皇の「万代の国のしづめと大空にあふぐは富士のたかねなりけり」という一首を、さらに、皇太子殿下の「雲の上《へ》に太陽の光はいできたり富士の山はだ赤く照らせり」という一首をこれまで紹介してきた。大正天皇もこんなふうに富士山を詠まれている。多くの天皇陛下によっても愛されてきた富士山。その身に雪をたたえて、これからますます美しさと荘厳さを増していく。

天竜の河口に歌詠むわれに沿ふ草の名知らず鳥の名知らず

寺田武（磐田市）

歌を詠むということは人間以外の動植物とも心を通わし、対話をすることでもある。「生物多様性」という言葉は使わなくても、歌人は一四〇〇年間生きとし生ける命やその命を育むまなざしとも向き合ってきた。天竜川の河口で歌を詠む作者。そんな作者に寄り添う草や鳥。自然界では草や鳥も歌会をしているのかもしれない。自然が詠んだ上の句に下の句を添えられる―そんな人間でいたいと思う。

遠つあふみ浜名のみ湖《うみ》冬ちかし真鴨翔れり北の昏きに

北原白秋

一九三九年十一月に刊行された『夢殿』の一首。白秋の四十二歳から五十四歳までの短歌九百八十一首・長歌三十首・旋頭歌一首が収められた歌集だ。この中に「浜名の鴨」と題された連作があり、この一首も含まれている。「風や冬とよみ飛び立つ大族《おほやから》総立《そうだ》つ鴨の羽ばたき凄し」という歌も在り、実際に白秋が浜名湖を見つめた臨場感が伝わってくる。冬が近いこの時期の静岡を詠んだ、代表的な歌。

北斗の座三分は見えず伊豆の山十一月の銀河ながるる

与謝野晶子

県内各地で歌を遺した与謝野晶子はこんなふうに十一月の伊豆の夜空も詠んでいる。歌集『草と月光』より。「千《ち》よろづの伊豆の星をば仰ぐ夜の綿《わた》の上著《うわぎ》もわれ忘れめや」「星のもと一碧亭の旅びとも抛書の荘のたびびとも寝《ぬ》る」という一首も在る。銀河に浮かぶ星々のように、生涯を通じて、何万首もの短歌を詠み続けてきた与謝野晶子。十一月の伊豆の迫力ある空を「銀河ながるる」と表現していた。

子のために長生きせねばと思ひつついつしか亡母《はは》の倍を生きたり

松田雅子（湖西市）

一つの命が誕生するにはどれほどの奇蹟が重なっているのだろう。十月十日《とつきとうか》を経て母の胎内から生まれてくる命。世界はいよいよ七十億人時代を迎えようとしている。その七十億誰もに母親が居るという当たり前のようで尊い真実。掲出歌を読んで、子を思う母の気持ちも、母を思う子の気持ちも感じた。母から子へ、子から孫へ、と順番に受け継がれ、編みゆかれ、紡がれゆくもののぬくもり。

遠富士と月とが同じ白さにて霞めり麦の熟れつづくはて

石川不二子

名前にも「不二」の名を持った作者は現代を代表する歌人。一九三三年十一月二十二日生まれ。誕生日より一日早く作品を紹介した。東京農工大学を卒業後、開拓農家で酪農を営み、現在は岡山在住の作者。ジャーナリストの多い血統に生まれた作者は自ら農業を選択し、自然と共に歩み続けてきた。牛や蝶を詠んだ作品も多い作者が、大地から遠富士と月とを眺め詠んだ歌。

戦友より送り呉れたる新米に亡夫の夢見ると手紙添えらる

田中みさ江（島田市）

今日（十一月二十三日）から新嘗祭。宮中でも新穀を奉《ささ》げる儀式が行われている。二〇一〇年は稲の生育状況が厳しかったことが既に報道されているけれど、それでも実りの季節を迎えられていることに感謝をして新米を戴《いただ》きたい。新米の歌で忘れられないのがこの一首だ。亡夫の戦友が送ってくれた新米。そこに添えられた「まだ夢を見る」という手紙。この新米一粒一粒も夫からの時空を超えた手紙の文字なのかもしれない。

三島より立ち上る不二はいつもいつも笑くぼを見せてわれを見守る

藤岡武雄

静岡県主催で、二〇一一年二月二十三日に「富士山百人一首」が発表される。本日は第二回選考委員会。奈良県立万葉文化館館長の中西進さん、歌人の佐佐木幸綱さん、馬場あき子さんとともに富士山を詠んだ「百人一首」を選考中だ。一人で百首詠んでいる若山牧水や前田夕暮など、どのような歌人のどんな作品が選ばれるのか。富士山に捧《ささ》げることのできるいいものを編みましょうと、皆で意気込んでいる。

伝ひくるその温もりの愛《かな》しくて握れる指《おゆび》ながくはなさず

安田清子

曾孫が生まれたという作者。掲出歌の他、「さしのぶる吾が手をそつと握りたり生れて二日のみどり児にして」という歌も「九十五年様々なことありたりと今しづかなる晩年を謝す」という歌も詠んでいる。「伝ひくるその温もりの愛しくて握れる指ながくはなさず」――九十代半ばを迎え、こんなふうに作品を紡ぐ感性はすばらしいと思う。作者が更に御元気で良い歌を詠み続けることができますように。

ふるさとの山の稜線なだらかにのどけき空に父母想ふ

為貝たか（静岡市）

「久方の光のどけき春の日にしづ心なく花の散るらむ」―古今和歌集&小倉百人一首に収められた紀友則のこの有名な一首のように、「のどけし」は静かだ、麗《うら》らかだ、という意味をもつク活用の形容詞だ。ここでは麗らかに晴れ渡った空を想像すればいいのだろう。いつの日も変わらずに存在する郷里の山。同じ場所でいつも包み込むように見守ってくれている空。天地も、皆の父母なのだと思う。

駅までの一里の道の短さよ話しかけたい言葉が出ない

斎藤きぬ子

一九三九年に長野県に生まれ、十五歳である企業の静岡工場に就職した作者の歌集『繭と稲穂と童《わらし》たち』より。出発の日、夕光《ゆうかげ》を受けて母に送られた郷里の駅までの道を詠んだのがこの一首だった。歌集には、「わたしの乗る鈍行列車見送って帰る一里はさびしからむよ」と母を気づかう歌もある。「父母の喜ぶ顔を思いつつわたしは心を奮い立たせた」とも詠む作者。五十歳で高校を卒業した、努力の人だ。

遠き祖の暮らし偲ばるる開拓碑風化されつつ村を見降ろす
山崎ゆめ子（掛川市）

かつて勝海舟や山岡鉄舟らの計らいで旧幕臣約二百名が牧之原に入植してお茶づくりを始めた。川越制度がなくなり、島田や金谷の失職した川越人夫、さらには近隣の農家も加わって行われたこの大事業によって牧之原台地は一大茶畑となった。こうした「遠き祖の暮らし偲ばるる開拓者」の精神は碑が古びても変わらずに村を見守り続けてくれている。「祖」の思いを、常に忘れずに生きていきたい。

船子《かこ》だちの若きはねむり老いたるは風のはなしをわれに聞かする
若山牧水

富士山だけで百首詠んでいる牧水。今日は趣《おもむき》を変えて海での歌を紹介した。歌集『秋風の歌』の一首。下田港から神子元島に渡った時の歌だ。「友が守《も》る灯台はあはれわだ中の蟹めく岩に白く立ち居り」「切りたてる赤岩崖《あかいはがけ》のいただきに友は望遠鏡《めがね》を振りてゐにけり」など、印象的な友を詠んだ歌も在る。感性豊かな牧水にとってベテラン船員が聞かせてくれる「風のはなし」もさぞ楽しかったことだろう。

満月が欠けゆくときも愛《め》でながら生きてゆきたし八十路の母と

井上香代子（島田市）

今日から十二月。実際にはまだ先だけれど、陰暦では十二月のことを「親子月」と呼ぶ。そのため今日はこんな親子の歌を紹介してみた。長い日々を歩めば、体はかつてのようには動かなくなる。物忘れが増えてしまうこともある。決して満月の日々ばかりではない。それでも〝欠けていくこと〟を悲嘆せず、存在に感謝しながら歩む日々の豊かさ。母にも子にも笑顔溢れる「親子月」であることを願う。

漆黒の宇宙に浮かぶ星の中に戦ひ止まぬ我が地球あり

肥田洋子（静岡市）

今から二十年前の今日（十二月二日）、秋山豊寛さんが日本人初の宇宙飛行に成功した。そのため今日は「日本人宇宙飛行記念日」になっている。宇宙に行った後、「人間の名声や地位・権力があまりにもちっぽけで興味が湧かなくなった」と、福島で無農薬農業に従事している秋山さん。時には宇宙の中の地球、地球の中の自分にも思いを馳せてみたい。森を讃えて、水の豊かなこの地球に暮らせる幸せを思いながら。

音にききし名高き山のわたりとて底さへふかしふじ川の水

鴨長明

「行く川のながれは絶えずしてしかも本《もと》の水にあらず」の冒頭でも知られる日本三大随筆のひとつ『方丈記』。作者・鴨長明も静岡の歌枕「ふじ川」を詠んでいる。新古今和歌集に十首選出されている長明は、歌人としても琵琶の奏者としても名高い。後鳥羽院が再興した和歌所では寄人《よりゅうど》（職員）に任命され、藤原定家らとも親交があった。そんな長明が富士川に想いを馳せて詠んだのがこの掲出歌。

もう何も出来ぬとなげくことなかれ母ありてひと日ひと日は寧日《ねいじつ》

川瀬千枝（藤枝市）

「寧日」とは、穏やかで安らかな日のこと。年を重ねて、つい「もう何もできない」と母が愚痴をこぼしてしまったことがあったのだろう。そんな母に居るだけで「寧日」なんだよと語ってあげる作者。短歌は小さな詩型だけれど、時に温もりや真心を伝える〝心のカイロ〟にもなり得るのかもしれない。娘にこんなふうに言ってもらえる母親は幸せだ。今日も親子に幸せな日で在りますように。

空晴れて荒《すさ》ぶ日もよしへうへうと慣れて親しき遠州空っ風

松澤姫叉子（旧小笠町）

遠州に引っ越してきた作者なのだろうか。「慣れて親しき遠州空っ風」と〝荒ぶ日〟にすら親しみを感じている作者。ちなみに今日（十二月五日）はモーツァルトの命日。三十五歳で亡くなるまでに生涯七百曲以上の作品を残したと言われるモーツァルト。遠州の「空っ風」は、モーツァルトというよりはベートーベンやドボルザークのような曲調だけれど、天空をめぐる風ももしかしたら宇宙の演奏家なのかもしれない。

冬夕焼の真只中に昏《く》れなずみ登呂の刈り田のどこまでも広し

望月あや子（静岡市）

今日は二十四節気の大雪《たいせつ》。北風が吹き大雪が降るという意味で今日からますます寒さが厳しくなる時期だとされている。収穫時期を終え、再びの田植えの時期までを待つ田んぼ。夕焼けに照らされてどこまでも広く感じられたのだろう。古代《いにしえ》より、多くの恵みをもたらし続けてきた登呂の大地。作者が感じていたのは眼前に広がる空間的な広さだけでなく、「遥かなる歳月の広さ」でもあったのかもしれない。

無人販売の小屋に置かれし冬キャベツ白くみなぎる葉脈をもつ

矢那瀬聡子（静岡市）

二〇一〇年から用宗で暮らすようになって町のあちこちに無人販売の果物が置かれていることを実感する。枇杷《びわ》や柿など、地域で採れた恵みを堪能できる幸せ。単に「冬キャベツ」と詠むのではなく、その「葉脈」にまで着目し、細かく描写した作者の眼差《まなざ》しの温かさを思う。丁寧に見つめることは、そのまま対象を尊び、愛《め》でることにもつながる。いつの日も植物の葉脈が潤い続ける豊かな静岡で在ってほしい。

千早ぶる神代の月のさえぬればみたらし川もにごらざりけり

平〈北条〉泰時

鎌倉幕府第三代執権を務め、『御成敗式目』を編集したことでも知られる作者。駿河守もしていた泰時は身分の上下に関わらず、公正な裁判をめざして制定された『御成敗式目』同様、「真の賢人で、民の嘆きを自らの嘆きとし、万人の父母のような人物だった」と語り継がれている。掲出歌は富士宮の浅間大社での一首。月は冴え、今も残る湧玉池など、すばらしい名水を湛《たた》えたこの地で詠まれた歌。

切干しの大根ゆっくり煮ふくめて夕べとなれり温《ぬく》き冬の日

阿倍ヒデ子（浜松市）

収穫した大根を細切りにし、天日干しした切干し大根。母の手作りの切干し大根は田中家では好評で、しばらく食卓にあがらないと家族の誰かからリクエストが出る。作者もそんなふうに家族にふるまっているのだろうか。大根は古代エジプトでも食べられていた食材。国内では『古事記』で仁徳天皇の歌にも詠まれている。おでんの人気素材でもある大根。大根を讃える歌も今後たくさん紹介していきたい。

楽しげの鳥のさまかも羽根に腹に白々と冬日あびてあそべる

若山牧水

歌集『黒松』に収められた「沼津千本松原」と題された連作の一首。古今東西、牧水ほど鳥を親しみ深く、あたたかく、楽しげに詠む歌人はいないのかもしれない。この歌の前には「をりをりに姿見えつつ老松の梢《うれ》のしげみに啼きあそぶ鳥」という作品もある。羽根や腹に冬の陽射しを浴びて楽しそうに遊んでいる鳥たち。静岡がいつの日も、人間のみならず野鳥にとっても楽園であることを願っている。

寒椿の赤きがいちりん凛と咲く五人姉妹の長女のような

菅沼雅子（湖西市）

寒椿の紅色が輝く季節がやって来た。二月上旬位まで県内各地を彩ってくれることだろう。排気ガスの多い場所でも美しい花を咲かせてくれる寒椿。垣根などにも使われる丈夫なこの花の花言葉は「謙譲」なのだそうだ。自身が謙《へりくだ》り、常に相手を立てていく心。そんな寒椿の精神を見習いたい。この花を、五人姉妹の長女に見立てた感性のすばらしさ。たった一輪でも美しく咲く花の姿に感銘を受ける。

老爺《をぢ》よ我に語りを聴かせ遠つ祖《おや》ゆうたひつぎこし古東歌《ふるあずまうた》

佐佐木信綱

唱歌『夏は来ぬ』などの作品を残し、第一回文化勲章受章者でもある佐佐木信綱。登呂遺跡を題材に三十首以上詠んでいる。遥かな御先祖様が謡い継いできたもの。それを地域の老爺に語り聴かせてほしいという歌。同時代に生きた人々のみならず、信綱は常に大地や遥かなる御先祖様とも対話を続けた歌人だった。「若人ら真夏真昼を学のため黒土掘るを見るに涙ぐまし」という発掘者たちへの歌も詠んでいる。

いにしへの登呂村びとが仰ぎけむ富士の神やまはいまも空にそびゆ

土岐善麿

前頁の佐佐木信綱に続き、歌人で国語学者の土岐善麿も早い時期に登呂遺跡を訪問して、十首以上の短歌を残している。掲出歌は一九四九年に刊行された歌集『春野』に収められた一首。時代を越えて、多くの人々に仰がれてきた富士山。世界に二つとないこの不二を弥生時代同様、今も変わらず拝むことができる幸せを作者も感じていた。雪をたたえた冬富士の美しさがいつまでも尽きないことを願う。

亡き父の誕生日けふ真白なる富士を父のごと機中に見たり

伊藤一彦

現代を代表する歌人で宮崎生まれの作者。掲出歌は『短歌』二〇一〇年二月号に発表された連作の一首で、「富士見つつ富士に見られてゐるごとく思ふを今日は許し下され」などの歌もある。亡き父の誕生日に富士を父として仰いだという一首。長年教育現場に携わる作者は「声とどくかぎりがわれのふるさとぞ空行く月に呼びかけやまぬ」など、人間以外の存在にも常に語り続けながら作歌をしている人格者。

寒さゆるむ夕暮れにして川土手の牛啼く声ののびやかに響く

大石芳子（富士宮市）

温暖な気候で、海在り山在りの静岡は人間にとって住みやすいばかりでなく、本来はさまざまな動植物にも暮らしやすい地域なのだと思う。そんな郷里が、いつの日も大地で牛の声がのどかにのびやかに響《とよ》み続けるような場所であってほしいと願っている。実りゆく作物の形状《かたち》の多彩さ。咲く花の色彩や大きさの豊富さ。鳥や動物の声も風の音色も、全てがこの交響楽団の大事な音符なのではないだろうか。

君が行く伊豆の温泉《いでゆ》は我も知る水清くしてよき栖《す》みどころ

正岡子規

「野球」という言葉の名付け親としても有名な正岡子規。一八六七年に生まれ、一九〇二年に亡くなるまでに喀血もしながら多くの作品を残した。「くれなゐの二尺伸びたる薔薇の芽の針やはらかに春雨のふる」などのあたたかで丁寧な描写。眼差しに温もりがあるからこそ、描写はそのまま命を言祝《ことほ》ぐ歌になる。若くして亡くなったものの、決して志を失うことなく歩み続けた男の全力疾走には教わることが多い。

立かへり今もみてしが遠つあふみ浜名の橋にふれる白雪

賀茂真淵

清少納言の『枕草子』にもその名が見られる「浜名の橋」は平兼盛・能院など、さまざまな歌人《うたびと》によって詠み継がれてきた。浜名湖から浜名川に架かっていた橋で八六二（貞観四）年に修造されて以来、たびたび流出・修復を繰り返した。静岡を代表するこの歌枕を本居宣長らとともに「国学の四大人《しうし》」と称される賀茂真淵も詠んでいる。浜松出身の真淵は、御三卿田安徳川家の和学御用掛も務めた人物だった。

見渡せば雲井はるかに雪白し富士の高根のあけぼのの空

源実朝

藤原定家の指導も受け、『万葉集』『古今和歌集』の探求にも熱心だった源実朝は父（頼朝）が鎌倉幕府を開いた一一九二年に生まれ、十二歳で第三代征夷大将軍に就いている。母は北条政子。一二一九年に亡くなるまでに多くの歌を詠み、三巻に及ぶ『金槐《きんかい》和歌集』には約七百首が収められている。勅撰和歌集に九十二首入集し、『小倉百人一首』にも選ばれている実朝。掲出歌はそんな実朝が名峰・富士を詠んだ歌。

ほのかなる柚子の香れる風呂に入り健やかなりし今日を喜ぶ

伊藤善（静岡市清水区）

今日は冬至。一年で最も日が短く、この日柚子湯に入り、小豆粥やかぼちゃを食べると昔から風邪をひかないと言われている。中国の揚子江上流が原産と言われる柚子は生産量・消費量ともに日本が世界のトップクラスだ。奈良時代の文献には既に栽培されていたことが記されている柚子。花言葉は「健康美」。大地の恵みそのものの香りに包まれて、この一年働き続けてくれた体をゆっくりと労《いた》わりたい。

手渡ししたかあしがにを携へて海人《あまびと》のふね沖へ出でゆく

今上天皇

十二月二十三日が、御誕生日の天皇陛下も二〇〇一年静岡県で行われた「第二十一回全国豊かな海づくり大会」に御出席された際の出来事をこんなふうに詠まれている。全国植樹祭や国民体育大会秋季大会でも静岡を訪問された際の歌を御詠みになっていらっしゃる天皇陛下。歴代の天皇陛下が静岡を訪問され、自然を詠み続けて来られた。御健勝を願い、今後もさまざまな御製（天皇陛下の短歌）が生まれることを願う。

いつとなく心空なるわが恋や富士の高嶺にかかる白雪

相模

十一世紀初頭の女流歌人で、中古三十六歌仙のひとりにも称えられた相模。小倉百人一首にも作品が選出されている。掲出歌は『後拾遺和歌集』十四に収められた恋の歌。『後拾遺和歌集』では和泉式部に続いて多くの作品を採られている実力派の歌人だ。「いつも上の空になってしまっている私の恋はまるで富士山の高嶺の白雪のように自分でも捉えきれずにふわふわとしてしまっている」という一首。

伊豆の山冬木林の下草にすみれはいくつ花咲きにけり

今井邦子

一八九〇年徳島市に生まれた作者は少女期より文才に恵まれていた。二歳の時に両親と離れ、祖父母に育てられた作者。祖母の看病もしつつ、高等女学院で学んだ彼女は二十代で歌文集を出版。島木赤彦に師事し、写実を重んじながら、その中に心情を込めていく新境地を開拓していった。電飾のツリーもいいけれど、冬木林の下草に咲くすみれこそ、本当は大地を彩る地球の豊かな装飾《インテリア》なのかもしれない。

きよらかに月夜の富士はおはしけりふりさけみたる空のふかみに

前田夕暮

若山牧水とともに多くの富士の歌を詠んだ前田夕暮。一八八三年に神奈川で生まれた夕暮は歌集『収穫』に収められた「木に花咲き君わが妻とならむ日の四月なかなか遠くもあるかな」などの作品で知られ、一時は「ぐいと引かれたスカイラインだ。黒エナメルの富士の魅力だ」などの口語自由律短歌も積極的につくった。掲出歌は「月夜」「富士」「空」以外はすべてひらがなで表記した、旋律《しらべ》もとても美しい歌。

垣に咲く山茶花《さざんか》紅し淡雪はつもるともなしその花の上に

佐々木房子（静岡市）

「岩花火」とも「姫椿」ともいわれる「山茶花」。十月から二月の花の少ない時期に野生でも花を咲かせるこの花は、「困難に打ち克つ」「ひたむきさ」などの花言葉も持つ。原産地は日本だ。正岡子規が「山茶花を雀のこぼす日和かな」と詠むなど、多くの詩や歌でも詠まれてきた。「山茶花」の紅と「淡雪」の白。山茶花は淡雪の白を讃え、淡雪は山茶花の紅を引き立たせている。香りもとても豊かな花。

つかの間の日ざしに映ゆる冬すみれ足病む吾をなぐさめくるる

伊藤はるゑ（静岡市）

今日（十二月二十九日）は北原白秋が作詞した「からたちの花」「この道」「ペチカ」、三木露風の作詞した「赤とんぼ」などの作曲家としても知られる山田耕筰の命日だ。日本で初めての管弦楽団をつくり、日本初の交響曲も手掛けた山田耕筰の世界に繋がる作品を、と思って選出したのが掲出歌だった。「つかの間の日ざしに映え」「足病む」人の心も慰める「冬すみれ」の美しさ。小さくてもとても偉大な花なのだと思う。

菜大根正月用に配り終へ冷えくる畑に仰ぐ夕月

石野敦子（焼津市）

ずっと昔、まだ人々が文字を持たずにいた時代から天空に在り続けてくれている月。暦の知識を持たず、文字が読めなかった時代にも月の満ち欠けはどんなカレンダーよりもカレンダーのように、地球の人々に恩恵を与えてくれていた。月のおかげで、古来どれほど豊かに私たちは農作物を収穫し続けられたのだろう。誰にでもわかるように、空にカレンダーを配した天の思いを、あらためて仰ぐ年の瀬。

独り食《は》む年越し蕎麦のほろ甘く来し方を想ふ亡き夫《つま》を想ふ

稲村政子（沼津市）

いよいよ大晦日。二〇一〇年も残りわずか。今年も多くの生命が誕生し、その一方で、再び天へと還っていった命も多かった。先日ある銀行の支店長が静岡でも独り暮らしの世帯が増えていることを語っていた。「来し方」「亡き伴侶」を想いながら一人で年越し蕎麦を食べている人も多いに違いない。今年と来年。夫と妻。親と子。年越し蕎麦が多くのものをつなぎ、未来と心を潤してくれることを願う。

初春の真すみの空にましろなる曙の富士を仰ぎけるかも

佐佐木信綱

新年明けましておめでとうございます。新春を寿《ことほ》ぐ多くの歌がある中で、最も静岡らしい一首から二〇一一年を始めたい。「一富士、二鷹、三茄子《なすび》」と言われる中の富士。日本のみならず、世界に誉れの高い御山《みやま》を新年から仰ぐことができる幸せを思う。富士は嘗《かつ》て「福慈《ふじ》」とも書かれた。新たな年が福多く、慈しみ深い「福慈」なる年であることを願いつつ今年も心を込めて日々の歌を紹介していきたい。

勢ひが余ってはみ出しさうな文字甥の書初《かきぞめ》「生きる力」は

井上香代子（島田市）

「勢いが余ってはみ出してしまいそうだ」という作者の眼差しが温かく、ほのぼのとした気持ちにさせてくれる。弾み、跳ねあがるような文字で「生きる力」と書くこどもたち。バランスばかりを考えて、安易に窮屈にまとめてしまうよりは、年齢に関わらず、時にほとばしるほどの筆致で綴りたい言葉もある。こどもたちの「生きる力」が無尽蔵に湧きあがるとてもすばらしい二〇一一年でありますように。

富士を背に青海原を泳ぎきり芋粥うまし三津《みと》の浜べに

三笠宮崇仁親王

大正天皇の皇子で今上天皇の叔父にあたる三笠宮崇仁親王殿下。一九一五年にお生まれになられ、御存命の皇室の中では最年長の殿下が、一九九九年の歌会始で御詠みになられたのが掲出歌だった。駿河湾の向こうに富士山を望む三津周辺は重須のみかんも有名だ。殿下もこの地で山海の豊かな恵みに舌鼓をうたれたことだろう。数年後に百歳。いつまでも御元気で、またぜひ静岡にいらしていただきたい。

言の葉もいかがかくべき雲霞晴れぬる今日の不二の高嶺に

良寛

今日（一月九日）は江戸時代後期の歌人で漢詩にも才能を発揮した良寛和尚の亡くなった日だ。自身の寺を持たず、さまざまな階層の人たちと付き合ってきた良寛和尚。子どもが好きで旅にはよく手毬《てまり》やおはじきを持っていたことでも知られている。お金がなかった時にも震えている人に自らの着物を脱いで与えたエピソードもある心優しい歌人。掲出歌の「不二の高嶺」はもちろん、どこまでも自然を愛した人だった。

遠景に一点白き富士ありてわれに新しき年始まりぬ

三枝昂之

父が窪田空穂門下だった作者は妻（今野寿美）も弟（浩樹）も歌人だ。遠景に見える富士は、山として聳えるだけではなく、遥かなる目標・大いなる到達点としての存在でもあるのかもしれない。姿は見えても見えなくても決して変わることなく同じ場所で見護ってくれている富士。日本一のこの山を仰ぎながら今日も暮らすことのできる幸せを思う。新しい年がすばらしい年であることを願っている。

一本のスピンと立てり銀盤に妥協なき影ただに美《くわ》しも

芦川霊衛《たまえ》（富士市）

今日は平成がスタートした日。一九八九年一月八日から平成が始まった。掲出歌は平成生まれの活躍が目覚ましいフィギュアスケートの選手たちを詠んだ歌。他者ではなく自分自身に打ち克つことのできる者だけが銀盤の世界でも覇者になれるのかもしれない。競技の数分間のために日々どれほどの鍛錬を重ねているのだろう。八十代の作者の「妥協なき影ただに美しも」という凛とした表現も美しい。

地下足袋が性に合ふらし土踏めば旅の疲れもほぐれて種蒔く

松井和紗（御前崎市）

セリ、ナズナ、ゴギョウ、ハコベラ、ホトケノザ、スズナ（蕪）、スズシロ（大根）—これは春の七草だ。古来、この七種類の野菜を刻んで入れた粥は邪気を払うものとして愛されてきた。今日は日頃から大地と親しんでいる人の一首を紹介した。靴より地下足袋が馴染《なじ》む作者。大地はどんな名医よりも名医なのかもしれない。新たに蒔かれた種が今年もどうか豊かな恵みをもたらしてくれますように。

庭に咲く紅花摘みて生まれ来る孫の産着を染むるは楽し

佐野胤之（富士宮市）

「末摘花《すえつむはな》」とも言われる紅花は世界中で生産されている。原産地はエジプトで、日本では平安時代に既に栽培されていた。乾燥させたものは生薬となり、種を絞れば油にもなり、国を超えて染物にも利用されている紅花。そんな自然の恵みで孫の産着を染めている作者。一次染め、二次染めと手間暇のかかるこの作業を孫のために行う祖父の想い。今日は年神様に供えた餅を分け合っていただく鏡開きの日だ。

わが猫は長命長寿なほ長名小佐野トリトン百年丸福福

小佐野豊子（裾野市）

「をのこ猫に買うてやりたる鯉のぼり百円なれども三尾が泳ぐ」「猫の名を言ひたがへわが名やさしげに呼びてしまへり今朝の夫は」など、愉《たの》しい歌をつくる作者。掲出歌の猫は人齢でいえば百歳を越え、視力をほぼ失ってしまっているのだそうだ。それでも大事な家族として変わらず暮らす作者には、戦死した兵士たちの魂を詠む「蛍の樹」という連作もある。温かな、いのちの歌を紡ぎ奏でる歌人だ。

冬波のひかりにひかる戸田《へだ》の海こゆる峠のなかほどに見ゆ

外塚喬

名高い天然の良港を有する西伊豆の戸田。夕焼けも美しい処《ところ》だ。安政東海地震があった年、ロシア船が沈没した際には被災者でもあった村人たちが献身的に救助をした話は有名だ。今日（一月十三日）はかつて勝海舟や福沢諭吉も乗せた咸臨丸《かんりんまる》が日本で初めての太平洋横断航海に出航した日。「ひかりにひかる」太平洋の冬の波を見ながら、新時代を創出するために人生を捧げ尽くした男たちの生き様と志を思いたい。

この冬を越せばあなたはいなくなる頼みもせぬのに風呂を洗う子

塚本珠実（静岡市）

高校三年生の息子を持つ作者。先日受験に合格し、春から山梨で一人暮らしを始めるという。今まで頼んでも手伝いをしなかった息子が急に風呂を洗ってくれるようになったそうだ。この時しか詠むことのできない歌があることを作者は知っている。優しい息子はより逞しくなって、きっと再び静岡に戻って来てくれるのだろう。物理的な距離は離れていても途切れることのない繋がりがここには在る。

不尽の山麗《うら》らかなればわがこころ朗らかになりて眺め惚れて居る

北原白秋

「君かへす朝の舗石《しきいし》さくさくと雪よ林檎の香のごとくふれ」などの歌で知られる北原白秋は静岡でも多くの歌を遺している。若山牧水記念館が在るのに「ちゃっきり節」の作者でもある白秋の記念館や、与謝野晶子の記念館が静岡にないのはさみしく、今後尽力してみたい。静岡県は実は全国でも稀に見るほど、著名歌人たちが多くの詩歌を遺した「歌処」でもある。その恵みを後世に語り継ぎたい。

洗濯も風呂も炊事も腕あげたあとはお前の退院を待つ

斧誠

今日（一月十六日）は、囲炉裏《いろり》を囲んで温かい会話を楽しもうと制定された「囲炉裏の日」。掲出歌は二〇一〇年の十一月に行われた第二十九回静岡県短歌大会の入選歌の中の一首だ。特別な表現も修辞法（レトリック）もいっさい使われていないけれど、だからこそ作者の体温が伝わってくる。作者の想いは囲炉裏にも負けないほど温かいのだろう。洗濯などの腕をあげるまでにどれ程の時間を要したことか。何よりもの相聞歌だと思う。

見る見るにかたちをかふるむら雲のうへにぞ晴れし冬の富士が嶺

若山牧水

「見る見るにかたちを変ふる冬雲を抜きいでて高き富士の白妙《しろたえ》」という一首も詠んでいる牧水。掲出歌は歌集『渓谷集』に収められている。一九一八年二月、牧水は船にて土肥を訪問した。掲出歌は再び沼津へ渡ろうとした時、戸田港口で詠んだ歌。見るたびに形を変えていくどんな雲よりも遥かに高く晴れ渡っていた冬の富士。どんなに不安な時でも、富士を仰ぐたびに、牧水は心の襟を正す男だった。

さよ千鳥、月にさわぎて、いにしへの、夢おどろかす、富士川のほとり

与謝野鉄幹

一八七三年に京都で生まれた鉄幹は出版社の編集長もしながら、女学校で教鞭をとっていた。一八九九年に東京新詩社を創立し、翌年には『明星』を刊行。晶子はもちろん、北原白秋・石川啄木・吉井勇らの才能を見出し、後年は慶応義塾大学の教授にもなっている。静岡にも何度か訪れ、各地でさまざまな歌を遺した。古来、ひとときも休むことなく流れ続けている富士川の、そのほとりに立って詠んだのがこの歌。

冬木木を震はせてゆく風脚につられて走る登校の児《こ》ら

小野田依子（静岡市）

今日は二十四節気の「大寒」。小寒から節分までの「寒の内」の真ん中にあたり、一年で最も寒い時期とされている。古来、寒稽古とは冬の修行全般を意味するものではなく、この時期の稽古のことを呼んでいたそうだ。温暖な静岡でも冬の木々を震わせるような朝の風が吹けばやはり寒い。子供達も思わず駈け出したくなったのだろう。今日は満月。寒さの向こうには天空の果てしない物語も広がっている。

志望校書かれある絵馬ひしめきて木枯し吹けば触れて音立つ

木村睦江（沼津市）

一八六六年の今日、坂本龍馬の仲介によって薩摩の西郷隆盛と長州の木戸孝允が京都で会った。この日を記念して今日（一月二十一日）は「ライバルの日」なのだそうだ。いよいよ受験シーズンとなり、佳境に入った受験生たちは大変だろう。冬来たりなば春遠からじ。体調を崩すことなく、力を存分に発揮できることを願っている。本当のライバルはいつの時代にも、決して他者ではなくて「自分自身」なのかもしれない。

冬山のしじま破りてとどろ落つ葛布《かっぷ》の滝は見らく雄々しも

塩澤重義（森町）

「遠州もりまち良い茶の出どこ」と浪曲『森の石松』にも歌われた森町。町面積の七二％が山林の森町には、茶の他に椎茸や柿などの特産品もある。かつて葛《くず》が多く繁り、葛布にしたことからその名が付いた「葛布の滝」。冬山の静寂を破るように雄々しく流れている。葛布川のせせらぎを歩くと茶園の見える場所もある。いつの時代にも水辺で龍神様が安心して住むことのできる静岡県であってほしいと願う。

だあーんだあーん落ちくる滝は抱えゐる迷ひひとつを打ち砕きたり

榑松靖彦（菊川市）

前の歌に引き続き、滝を詠んだ一首を紹介した。静岡には日本の滝百選に選出された「白糸の滝」（富士宮）「浄蓮の滝」（天城湯ケ島）「安倍の大滝」（梅ケ島）の他に、「龍王滝」（佐久間）「明神滝」（水窪）「河津七滝」（河津）など、個性豊かな滝がある。静岡銀行の藤枝駅支店などに勤務していた七十代の作者は毎年自宅に増えていくササユリを愛《め》で、裏山に姿を見せるヒメボタルも愛する自然派の歌人だ。

土肥の山に二日ありける雪とけて風なほ寒し海あれの音

島木赤彦

大寒を過ぎてもまだ寒い日が続くこの時期。今日（一月二十五日）は、かつて北海道旭川でマイナス四十一度という国内の気象観測史上最も低い温度を記録した「日本最低気温の日」なのだそうだ。以前、ＮＨＫのテレビの企画でマイナス二十度の中、流氷のオホーツクを詠んだことがあったことを掲出歌の下の句を読みながら思い出していた。自然を愛したアララギ派の歌人・島木赤彦には伊豆の温泉を詠んだ短歌もある。

葦枯れし桶ケ谷沼の鴨のむれ肩寄せあひて水面に憩ふ

大沢あき子（旧福田町）

天竜川の流れによって造られた洪積台地「磐田原」の東の谷間に位置する「桶ヶ谷沼」。磐田市の北東部にあるこの沼は日本でも有数のトンボの生息地として知られている。この沼で見られるトンボは六十種類以上。日本全国のトンボの三分の一にも及ぶ種類がここで生息している。日本秘境百選にも数えられている自然豊かなこの地で憩う鴨たち。肩を寄せながら、どんな会話をしているのだろうか。

伊豆の海いちごの皿の如くにも朝焼けを盛る枕上《まくらがみ》かな

与謝野晶子

歌集『草と月光』に収められている一首。朝焼けに照らされている伊豆の海を「苺の皿」に喩えた感性はさすがに与謝野晶子だと思う。海全体が「皿」で、真っ赤な朝焼けが「苺」。この巨《おお》きな「苺」を食べているのは天《そら》を往く雲だろうか。名峰・富士に暮らす龍神様だろうか。晶子には久能山の苺を詠んだ歌もある。桃や苺など県産の食材も多く詠んでいた晶子。機会があればまとめて紹介してみたい。

雑踏のなか抜けて来て安倍川の冬空ひろしかかる日のくれ

高嶋健一

一九二九年に生まれ二〇〇三年に亡くなった作者は静岡県立大学で教授を務めていた。県歌人協会会長としても尽力した作者の短歌と業績についてはもっと多くの静岡の人たちに知ってほしく、機会があれば番組や文化フォーラムなどでも紹介していきたい。空襲で火の海となった町を逃げ回った体験も持つ作者。雑踏を抜けて出会った安倍川の冬空はとても広く、過去や未来とも繋がっていたのかもしれない。

合併に町名消えしもふるさとの駅の名『富士川』ほのぼの残る

和田亥世子（静岡市）

駅も駅名も生活の大事な一部だ。県外の人々に、新幹線の止まる駅だけでなくローカル線での旅も楽しんでもらうために県内全ての駅の看板に御当地で詠まれた名歌が紹介されるような試みがあってもいいと思う。あるいは県内全てのポストに地域で詠まれた詩歌が紹介されているのも愉しいだろう。わずか三十一文字でも生活を彩り、心や未来を耕すことができる。今後、詩歌で街中《まちじゅう》を飾ってみたい。

満ち潮のさか波ひかる土手の道わが手放せし茶畑が見ゆ

松永さだ（焼津市）

県内には多くの〝茶〟や〝茶畑〟を詠んだ歌がある。掲出歌は長年茶づくりに勤《いそ》しんできた作者ならではの歌。今は別の人の手に渡っていたとしても、その土地が年々《としどし》に恵みをもたらし、日々の糧を与え続けてきてくれた事実は変わらない。畑で共に過ごした人々の顔。四季折々のいくつもの想い出。長年育んでくれていたものは決して作物だけではなく、本当は作者自身をもだったのかもしれない。

冬といへどぬくき沼津の海ぎしの森のみどりにさせる天つ日

若山牧水

歌集『黒松』に収められた「沼津千本松原」という連作の中の一首だ。富士も千本松原も愛した牧水。「あたたかさ」を表す「ぬくい」という方言も取り込んだのどかな一首。今日から、如月《きさらぎ》。二月をあらわすこの言葉は重ね着をする「着更着」の他に「生《き》更《さら》ぎ」（草木が生え始める）から来たという説もある。今月が、天地《あめつち》の歓び豊かな「生更ぎ」であることを願う。

初孫を抱《いだ》くことなくみまかりし夫に五歳の晴着見せたし

神谷百々枝（静岡市清水区）

今日（二月二日）は「夫婦の日」であるのと同時に、「22＝じいじ」の語呂合わせから「おじいさんの日」なのだそうだ。〝おじいさんに感謝する日を創りたい〟とある食品会社が記念日登録をしたという。初孫を抱くことなく亡くなった夫。孫の晴れ着を見せたいと願う作者の気持ちを時空を超えて受け止めているのではないだろうか。日本中・世界中に孫の笑顔が溢れる、素敵な「おじいさんの日」であってほしい。

雲ひとつなく冬の空晴れわたり雪被く富士が里の果に見ゆ

鈴木八重子（磐田市）

今日は節分。立春のみならず立夏・立秋・立冬の全ての前日を節分と呼んでいたけれど、江戸時代以降は特に立春の前を節分と呼ぶことが多くなった。今日は旧暦の元日でもある。新旧ともに新たな年。これまでの日々にも感謝をしつつ、新たな年を迎えられることにも感謝をして一日を過ごしたい。晴れ渡る冬空に聳える富士の如く、ふじのくに全体にとっても佳き春の到来であることを願っている。

御社《おやしろ》の華表《とりゐ》の前にふりさけて立春大吉富士は雲なし

吉野秀雄

大学在学中に結核を患い、生涯の多くを床の上で過ごしながら歌人として活躍を続けた作者。第一回迢空賞、読売文学賞、芸術選奨文部大臣賞などを受賞したほか、良寛の研究家としても名高い。掲出歌はそんな吉野秀雄が三島大社を詠んだもの。「立春大吉富士は雲なし」の下句に勢いがあり、立春を迎えるたびにこの歌を思い出す。暦の上では今日から春。この歌は歌集『寒蟬集』に収められている。

みんなみの浜の温泉の裏藪にまろき柑子をわが摘みにけり

中島敦

『山月記』などの小説で有名な作家・中島敦。一九〇九年に生まれ、三十三歳で気管支喘息で亡くなるまでにさまざまな小説を発表した。掲出歌はそんな中島敦が伊豆を訪問した時のもの。稲取や熱川で歌を詠んでいる。「青く酸《す》き匂の指に残りけり湯あがりにして柑子を摘めば」などの作品もあり、「温泉」や「柑子」は作者を潤してくれていた。今日（二月五日）は「笑顔の日」。みかんのように笑顔も実る静岡であってほしい。

シュークリームをさくつと噛めば音は春伊豆の河津のさくら咲き初む

榛葉貞代

今日（二月六日）は「抹茶の日」ということで、抹茶に合う和菓子の歌でも紹介しようと思っていたところ、河津桜に会いに行きたくなるような元気なこのシュークリームの歌と出会った。立春以後、寒い日はあっても着実に春は大地を彩り始めている。河津桜も川沿いの菜の花もすばらしく、天地も宴を催しているかのような伊豆の春なのだろう。佳《よ》きものを愛《め》で、にこやかに笑う春でありたい。

売られゆく機械にそっと掌を合わす暁迫る如月の工場

足達喜代（菊川市）

今日（二月八日）は「針供養の日」。針ではないけれど今回は売られていく機械の歌を紹介した。同じ作者の作品に「亡き夫が一生の夢と築きたる会社の機械運び出さるる」という歌や「今日限り工場去りゆく機械たち化粧直して何処の国へ」という歌もある。思い出がたくさん詰まった機械。その恩恵を受けながら、どれほどの期間、家族の生活を潤してもらったことだろう。「そっと掌を合わせる」作者の心に共感。

泣く子にと母が持たせし猪の牙か鹿の角かも形やさしき

佐佐木信綱

戦後まもなかった一九四七年八月に、再発掘調査が行われた登呂遺跡を訪れた佐佐木信綱の一首。ここで詠まれた二十数首については、いつか機会があれば県内の大学や静岡市立登呂博物館などでもまとめて紹介してみたい。猪の牙か鹿の角かもしれないものを見て、「泣く子にと母が持たせし」と想像する作者のまなざしの温かさ。千年の時を経ても変わらない子を思う親の気持ちをあらためて感じる一首。

雨ふくみ動き出したる庭土の香に誘われてふきのとう摘む

伊達紀子（富士市）

今日（二月十日）は「ふきのとうの日」。宮城県の「ふるさとプラザ」が提唱し、記念日登録をしたそうだ。雪解けとともに芽吹くふきのとうは早春の味覚として有名だ。以前、テレビ番組の企画でふきのとうを詠みに行ったとき、土手から元気に顔を覗かせるふきのとうが生命力豊かな動物のように思えてならなかった。冬と春とをつなぐ、香り豊かな、大地のたからもの。庭で摘むことのできる作者が羨ましい。

山黙し水かたらひて我に教え我をみちびくこの山と水

佐佐木信綱

前頁に続き、佐佐木信綱の歌を紹介した。というのも「建国記念の日」の今日は「文化勲章制定記念日」でもあるからだ。一九三七年のこの日、文化勲章が制定され、九名が受章した。作家の幸田露伴らと共に第一回の受章をしたのが作者だった。黙す山も語る水もさまざまなことを教え導いてくれるという一首。常に天地への畏敬の念を持ち、謙虚に学び続けた御褒美がこの文化勲章受章だったのかもしれない。

近き山に雪はふれれど常春日あたみの里に湯気立ちわたる

坪内逍遥

近代文学に大きな足跡を遺した坪内逍遥は、『小説神髄』『当世書生気質』などの作品で知られる小説家だ。シェイクスピア全集の翻訳家としても名高い。早稲田大学教授も務めた。そんな逍遥は一八七九年に初めて熱海を訪問して以来、とても気に入り、漁師の家を買い取って別荘にしている。さまざまな翻訳や戯曲も実はこの熱海で書かれていたということは、もっと多くの県民に知られていい事実だと思う。

海こえて春の使のこと終り二月の伊豆に歌う小鳥ら

与謝野鉄幹

一八七三年二月に生まれた与謝野鉄幹は、妻・晶子とともに何度も静岡県を訪問し、各地で多くの歌を遺している。掲出歌は河津町で詠んだ歌。少年時代から他家の養子として育ち、大阪や岡山、徳山などを転住とせざるを得なかった鉄幹は苦労人だった。懸命に海を越えていく鳥たちの姿に自らとも重ね合わせるものがあったのだろうか。ひと仕事を終え、安らぎの場を得た小鳥たちへのまなざしが温かい。

行き戻りしつつ来る春恋ひ待てば今朝融らかき朝空の碧

高嶋健一

二〇一〇年再び静岡市に暮らすようになって、毎日の朝焼けを仰ぐことが楽しみでならない。日が昇る直前、何色もの麗しき色彩が天空を染め上げていく。どこまでも繊細なのにどこまでもダイナミックな至福の時間。かつて静岡県立大学で教鞭をとり、多くの歌を遺した作者もどこかで今、朝空を眺めているだろうか。県歌人協会会長として尽力した故人の業績を讃えた賞が県内にあってもいいと思う昨今だ。

ふじのみね雲間に見えて富士川の橋わたる今の時のま惜しも

昭和天皇

「富士山の日」が間近に迫った今日は昭和天皇の富士の歌を紹介してみた。昭和天皇は生涯に一万首もの短歌をお詠みになったと言われている。実際に公表されているのは八百六十九首。富士の嶺が雲の間に見えて富士川の橋を渡る今この瞬間が惜しい、もっと富士山を見て居たいという感覚は旅人の多くが共感できるのではないだろうか。激動の時代を歩まれた昭和天皇は、自然を愛する歌人でもあった。

むね上げの祝ひのもちをわがまくや千本松原の松の数ほど

若山牧水

沼津市の知人の家を借りて住んで居た牧水は一九二五年、遂に念願の新居を完成させ、沼津市市道町に移り住む。自然を愛した牧水は歓びを掲出歌のようにあらわした。餅の数を千本松原の松に喩えるところがいかにも牧水らしい。この年の二月、随筆集『樹木とその葉』も刊行した牧水は伐採されそうになった千本松原を護ってくれた恩人でもある。牧水の思いや歌を多くの人に語り継いでいきたい。

伊豆の海の和ぎのはるけさ暗緑のみかん畑をわが駒は行く

岡本かの子

今日（二月十八日）は「桜ばないのち一ぱいに咲くからに生命《いのち》をかけてわが眺めたり」などの歌で知られる岡本かの子の命日だ。画家・岡本太郎の母としても知られる作者の伊豆の蜜柑畑を詠んだ歌。現在でも内浦重須の蜜柑は本当に美味しく、世界中の人々に味わってほしい味だと思っている。手塩にかけて育てて居る農家の方々に心から敬意を表しつつ、岡本かの子の詠んだ頃の蜜柑も味も思う昨今だ。

いにしへの春の雨降る登呂遺跡復元家屋の千木を濡らして

中村正爾

今日は二十四節気の「雨水」。立春から半月が経ち、雪が雨になって草木も芽吹き始めることからこの名で呼ばれている。作者は一八九七年生まれの新潟出身の歌人。小学校教員をしていた正爾は北原白秋を頼って上京。白秋が創刊した雑誌に参加し、終刊まで編集を続けた。終戦後まもない時期に登呂遺跡を訪れ、作者はここに日本の心の故郷を見ていたのかもしれない。日本の復興を心から願いながら。

こぼれ種芽生えて伸びし桃の木に今朝初めての花一つ見ゆ

小沢ゆき（静岡市）

来月の桃の節句を前に桃の木にも眼が行くようになった。古来桃は邪気を払い、不老長寿の植物として親しまれてきた。子供の健やかな成長を願った「桃の節句」、祝いの席で出される「桃饅頭」、伝説の理想郷は「桃源郷」とも呼ばれている。紀元前から桃は人々の暮らしを彩り続けてきた。そんな木に咲き始めた花は吉兆であり、大地からの祝福でもあるのだろう。心にも花の開く豊かな日々を迎えたい。

遠つあふみ大河ながるる国なかば菜の花さきぬ富士をあなたに

与謝野晶子

下句の「あなたに」は「かなたに」の意味で用いられている。掲出歌のように浜松での一首のほか、静岡、清水、伊豆、熱海ｅｔｃ…。与謝野晶子は本当にたくさんの歌を静岡県で詠み遺している。さまざまな富士も詠んだ中でも掲出歌は特に有名な一首だ。大河や富士といった大きな題材とともに詠まれた「菜の花」の色鮮やかな黄色が躍動感や生命力も連想させる早春らしい歌。明日は「富士山の日」。

あまのはら富士のけぶりの春の色の霞になびくあけぼのの空

慈円

今日（二月二十三日）は「富士山の日」。そして、世界で初めての『富士山百人一首』が誕生する日でもある。万葉集以来、千数百年にわたって多くの歌人が富士山を詠み継いできた。その膨大な数の富士の歌から中西進・佐佐木幸綱・馬場あき子といった先生がたと共に選出したのが『富士山百人一首』だった。いにしえより堂々と聳え続けている唯一無二の至宝・富士。雄大なその姿にこれからも学び続けていきたい。

波の秀に裾洗はせて大き月ゆらりゆらりと遊ぶがごとし

大岡博

今日（二月二十四日）は「月光仮面登場の日」なのだそうだ。一九五八年のこの日、ラジオ東京（現在のＴＢＳ）で「月光仮面」が放映されたことに由来する。そんな「月光仮面」に敬意を表して今日は月の歌を紹介した。詩人大岡信氏の父でもある作者は静岡市生まれの歌人。中学校長や県の児童会館長も務め、県歌人協会の初代会長でもあった。一九八一年に亡くなるまでに『渓流』『南麓』などの歌集も刊行している。

朝夕に打つ鐘の音は天ひびき地ひびき永遠に響きわたらむ

斎藤茂吉

今日（二月二十五日）は日本を代表する歌人・斎藤茂吉の命日。茂吉も何首か静岡で歌を詠んでいる。掲出歌は伊東駅から徒歩十五分ほどの所にある寺の平和の鐘に刻まれた一首。一六五六年に造られたこの寺の鐘は戦争時に供出され、戦後新たに造られた。その際、佐佐木信綱・窪田空穂らと共に作品を依頼されたのが茂吉だった。天にも地にも響く平和の鐘の音。戦後まだまもない時期に祈りと共に生まれた鐘だった。

地中銀河と言はば言ふべし富士山の体内ふかく行く寒の水

高野公彦

「銀河」と聞くと一般的には空にあるものだと思いがちだ。けれども富士山の体内にも地中の銀河があるのだ、と詠んだこの歌。作者の代表歌のひとつとして知られている。一九四一年愛媛県に生まれ、宮柊二に師事した作者。工業高校の機械科を卒業し大手自動車会社のエンジン実験にもたずさわった体験を持つ作者は、昨年まで青山学院女子短期大学教授も務め、二〇〇四年には紫綬褒章も受章している。

聞きなれてなほ聞きあかぬ朝々の厨に妻が菜を刻む音

天野恭作（静岡市）

毎朝厨房で野菜を刻んでいる音。何年、何十年と作者は聞き続けているのだろう。朝、鳥たちが啼き響《とよ》むように、一日の始まりを告げているまな板のこの音が日々を彩るかけがえのない旋律なのだろう。暮らしを飾るこうした音がどれほど尊いものなのかを作者はよくわかっている。「聞きなれてなほ聞きあかぬ」に込めた思い。照れ臭い言葉はあえて言わなくてもこの歌は何よりもの相聞歌だ。

傾《かし》ぎつつ月島の岸に繋がれし第五福竜丸つひの姿ぞ
大槻明三

一九五四年の今日（三月一日）、ミクロネシアのビキニ環礁でおこなわれた水爆実験で焼津市のマグロ漁船第五福竜丸が被爆した。乗船員全員が被爆。無線長の久保山愛吉さんは半年後に亡くなった。作者は東京都江東区の夢の島にある第五福竜丸展示館を訪れ、掲出歌の他、「この甲板久保山愛吉若きらが白き粉かぶり縄巻きあげし」という一首も詠んでいる。もう二度と決して悲劇が訪れないことを願いながら。

たけのこよライバルたちをおどろかせたくさんのびよ　すべてのたけのこ
金井泉（熱海市立第一小学校六年）

掲出歌は平成二十一年度六月におこなわれた第三十五回佐佐木信綱祭短歌大会小学生の部の優秀作。学校名は当時のもので、作者は現在、静岡聖光学院の中学一年生になっている。「すべてのたけのこ」に思いを馳せ、メッセージを贈っているところがすばらしい。少年時代というのもたけのこ色の季節なのかもしれない。たくさんの仲間達と共に作者自身が大地に萌え出る元気なたけのこであってほしい。

桃花《はな》の光まとひて我を呼ぶ幼《おさな》それだけで余生はげまむと思ふ

岡田ゆり子（静岡市）

今日（三月三日）は「桃の節句」。日本には古来「端午の節句」「重陽の節句」等、五つの節句があった。平安時代の人々はこの日に野山に出て薬草を摘み、薬草で穢れを払って健康と平穏無事を祈った。食用や薬用、観賞用として昔から世界じゅうで愛されてきた桃。掲出歌のように名前を呼ばれるだけで余生を励もうと思う祖父母も多いのだろう。孫の幸せを願う祖父母の思いも桃の花のように美しくあたたかい。

日溜まりに古びたミシンの脚四本無数の傷を浮き立たせおり

美濃和哥

陽だまりが使い込まれたミシンを照らしている。その脚には日記帳よりも日記帳のように想い出も刻まれている——そんな一首だ。今日（三月四日）は「ミシンの日」。イギリスのトーマス・セイントが世界で初めて裁縫機械の特許を取得したのは一七九〇年のことだった。以後どれほどの恩恵を私たちは受けてきたのだろう。日本家庭用ミシン工業会がミシンの発明二百年を記念して一九九〇年に記念日制定した。

訪《たづ》ねては親しみゆかむこの町の小径《こみち》のかなた伊豆の海見ゆ

皇后陛下

御歌集『瀬音』に収められている一九九一年に御詠みになられた一首。舞台は下田市の須崎御用邸だ。一九七一年に建てられた須崎御用邸は現在も使われ、昨年四月も両陛下は三日間滞在されている。皇后陛下には他にも静岡県内を詠まれた歌があり、別の日に紹介してみたい。昭和から平成に移ったばかりの平成三年。静岡のこの下田の町を「訪ねては親しみゆかむ」と思われていた皇后陛下の思い。

猫柳おきな草柔毛《にこげ》光りあふ春の寒さに吾子かばひゐつ

石川不二子

今日は啓蟄。冬眠していた虫が陽気に誘われて這い出して来る頃だ。作者は三歳で熱海市に移り、熱海高校を卒業した歌人。その後、東京農工大農学部時代から注目され、現代短歌女流賞・迢空賞等、様々な賞も受賞している。掲出歌は「啓蟄」と題された連作の一首。直前の作に「雪消えて翁草咲く季《とき》を待つわがみどり子の生《あ》れくるを待つ」という一首もある。授かった子供を大事に想う母親の歌。

味噌汁に筍《たけのこ》豌豆山椒《えんどうさんしょう》の一葉浮かべて春のはじまり

増井隆夫

今日（三月八日）は「さやえんどうの日」。この時期にハウスのさやえんどうが最盛期となることから主産県の和歌山県の農業協同組合連合会が制定した。掲出歌は豌豆をはじめ、自然の恵みを盛り込んだ一首。焼津に生まれ、藤枝東高校から立命館大学を経て、現在は岡部で藍工房を営んでいる作者。掲出歌の他にも玉ねぎ、新じゃが、生桜海老、浜名湖の浅蜊など、食材の歌も多く、どれもとても美味しそうだ。

九十一歳の夫《つま》が鍬《くわ》振るわれもまた負けじと鍬振る春はすぐそこ

熊切なか（掛川市）

今日（三月九日）は日本雑穀協会が制定した「雑穀の日」。一粒から何千倍にも増え拡がっていく雑穀の豊かさ・逞しさに見合う歌を紹介しようと思っていたら、こんな短歌と出会った。何と素敵な夫婦なのだろう。九十一歳の夫と八十六歳の妻。こんなふうに畑仕事のできる幸せ。お天道様も思わず笑顔で照らしてくれているのではないだろうか。今日は、「三九」（サンキュー）の語呂合わせから「感謝の日」でもある。

何度でも笑うあなたに会いたくて中央廊下の写真を見に行く

中村玖見（加藤学園暁秀高校三年）

今年の歌会始の儀で見事に入選を果たし、天皇皇后両陛下を始め、様々な人の前で歌が披露された作者は昨年十一月に行われた第二十九回静岡県短歌大会でも学生の部で受賞していた。掲出歌はその時の一首。今日卒業式を迎えた彼女はどんな思いでかつて「中央廊下の写真を見に行っていた」頃を思い出しているのだろう。良き師や仲間たちに恵まれた日々は一生の宝物だ。卒業、本当におめでとう！

機嫌よう遊べやあそべ春陽《しゅんよう》は幼きものをまるごと包む

入野早代子

一九四一年に島田市で生まれた作者は姉が乳児期に死亡したあと、兄二人も続いてしまったため、両親が弁天様に願掛けをして誕生した人だ。高校卒業後、静岡県庁に勤めた作者は、二十歳で夫と職場結婚。翌年には長男も誕生している。一九九〇年には亡夫の誕生日に息子が結婚。やがて三人の孫にも恵まれ、この掲出歌は孫たちを詠んだ歌だ。昨年十七年ぶりに刊行された歌集『欠片』の中の一首。

梅檀《せんだん》を植ゑたりやがて百鳥《ももどり》の集ふ樹となるときを思ひて

松本由利

岐阜県で生まれ、高知大学を卒業した作者は結婚を機に浜岡暮らしをすることになった。「槇垣に囲はれみかん畑あり潮風つよき浜岡の里」等の歌も詠み、砂浜や牧之原台地のお茶も詠んでいる。掲出歌は歌集『ガウス平面』の中の一首。「ゆふもやの野辺のすみれの花しぼむ花よりも濃き紫色に」等、才能に恵まれた作者。家族との御前崎市での生活でこれからも更に多くの歌を詠んでいくことだろう。

寝る前に線香一本おやすみと声に出すとき淋しさの来る

須永秀生（沼津市）

沼津に暮らす作者は、「妻の居る気配に振り向く一瞬のああ身をよじるほどの淋しさ」という歌も詠んでいる。こんなに愛せる人と出会えた作者は本当に幸せ者だ。奥様もきっと今の場所から精いっぱいのエールを送っているのではないだろうか。今日（三月十三日）は「青函トンネル開業の日」。一九八八年のこの日、新たなトンネルが開通したように、作者と奥様との時空を超えたトンネルもきっとつながっている。

富士のねの風にただよふ白雲《しらくも》を天津《あまつ》乙女の袖かとぞ見る

作者未詳（『東関紀行』より）

掲出歌は『海道記』『十六夜日記』と共に中世三大紀行文と語られる『東関紀行』の中の一首。一二四二年の成立と語られるこの紀行文の作者には諸説あるものの、現在では作者未詳とするのが一般的となっている。京都東山から鎌倉までの道中が綴られている『東関紀行』。富士の嶺の白雲を天の乙女の「袖」と見た感性がすばらしい。本書は『平家物語』や松尾芭蕉にも影響を与えたと言われている。

石廊崎の春風荒し林なす蘇鉄《そてつ》の固き葉のそよぐまで

吉野秀雄

今日（三月十六日）は「国立公園指定記念日」。一九三四年のこの日、日光や霧島等が日本で初めて国立公園に指定されたことを記念して制定された。伊豆半島最南端にあり、伊豆三絶景のひとつと言われる石廊崎も富士箱根伊豆国立公園の一拠点だ。蘇鉄の葉までもが春風にそよいでいたという一首。太平洋に突き出した絶壁は大地や自然の逞しさ、風の生命力さえも感じさせてくれる。歌集『含紅集』に収められた歌。

楢の芽のしろくかがよふ春の日に小夜の中山わが越ゆるなり

松村英一

一八八九年に生まれ、九十一歳で天寿を全うした大正・昭和期の歌人・松村英一。掲出歌は歌集『荒布』の一首で、西行を始め、時代を超えて多くの歌人が歌い継いできた歌枕「小夜の中山」を詠んでいる。旧東海道の難所・日坂に通じ、昔から遠州の小箱根と呼ばれた「小夜の中山」。この峠を越えることのできた作者の感慨。この楢の木はこれまでどれほどの多くの旅人たちの歩みを見つめてきたことだろう。

むら鳥の大海原にさわぐなり伊豆の岬や近くなるらん

正岡子規

一八六七年に生まれ、三十代半ばで亡くなるまでに歌人としても俳人としても活躍した作者。明治を代表する文学者の一人だ。親友・夏目漱石同様、修善寺とも縁があり、掲出歌の他、子規は伊豆の温泉や源範頼・頼家の墓なども詠んでいる。実は三島大社に参拝もしている子規。草鞋脚絆に風呂敷包、杖と菅笠の姿で静岡も旅していた若き日の子規の歩みをいつかテレビ映像等でも紹介できたらいいなと思う。

清見潟《きよみがた》富士の煙やきえぬらん月影みがく三保の浦波

後鳥羽上皇

満月の今日は『玉葉和歌集』に収められた後鳥羽上皇の月の歌を紹介した。先日鈴与の鈴木与平さんに船で清見潟の場所を教えて頂く機会があった。北東に富士を望み、南に三保の松原が続く景勝地で、平安時代には清見関も置かれていたという歌枕「清見潟」。西行等、多くの歌人もここからの月を詠み遺している。中世屈指の歌人でもあった後鳥羽上皇。波が月影を磨いているという詩心豊かな一首。

白き富士ああ美しと飛行機の窓に見てゆく春蘭抱きて

宮柊二

一九一二年に新潟県で生まれた作者は師の北原白秋の死を戦地で知る等、戦争体験を持つ歌人だ。新聞選者等も務めつつ、一九八六年に亡くなるまで常に庶民派の姿勢を貫き、戦場詠、職場詠、家族の歌も詠み続けた。二十代で詠んだ「いかる啼いて富士のかたへにゆきしとき木群になける慈悲心鳥のこゑ」等、柊二は様々な富士の歌も詠んでいる。掲出歌は五十代の歌。歌集『藤棚の下の小室』に収められている。

伊豆のあめ日の光にも通ひたり降れば椿の木立かがやく

与謝野晶子

『草の夢』に収められた歌。今日（三月二十三日）は一九五〇年のこの日に世界気象機関条約が発効し、国連の専門機関（ＷＭＯ）が発足したことを記念した「世界気象デー」だ。春分の日を過ぎ、雨に大地も潤い、植物も輝きを増していく季節となった。この歌を読みながら改めて自然は「詩歌の母」でもあると実感する。水土日風——自然の奏でる調べは作物のみならず今日も多くの詩人たちの感性をも育んでくれている。

もうすぐに桜咲くのに逝きし母母の分まで花びら浴びぬ

小野映子（浜松市）

「欲もなく人の幸せ羨まず笑《え》めば倍にて笑みて返せり」「沢山のありがとうを言いし母雪柳咲く朝に逝きぬ」等、九十代で亡くなった御母様への挽歌。「笑めば倍にて笑みて返せり」——とても素敵な御母様だったのだろう。桜を見せてあげたかったという想いに共感。自分とは自らの良いものを分け与えることだよと時空を超えた場所から今日も御母様は笑顔で語りかけてくれているのかもしれない。

熱海のうみ錦が浦の草やぶに苺は咲けりまだ弥生にて

今井邦子

一八九〇年に徳島で生まれた作者は、二歳の時に両親と離れ、祖父母に育てられた。少女期から文才に恵まれ、一九一二年には既に歌文集も出版している。『万葉集』を始め、古典の研究や評論にも取り組み、少女期を過ごした長野県には現在今井邦子文学館が在る。多くの女流歌人育成にも尽力し続けた作者。妻として、母として、歌人として、五十九年の人生を懸命に奔走。現在は富士の霊園に埋葬されている。

みなぎりて峡《かひ》押しくだる天竜の濁れる水は時に激《たぎ》ちつ

半田良平

長野県諏訪湖を源に、静岡・愛知の三県を流れる流長約二百五十キロの河川「天竜川」。『東海道中膝栗毛』にもこの川を渡る苦難が記されている。作者は一八八七年に栃木に生まれ、東京大学を出た後、英語の教師をしながら窪田空穂に短歌を学んだ人。松尾芭蕉や小林一茶の研究、更には香川景樹や江戸歌人の評釈でも知られている。この掲出歌も入った歌集『幸木』で作者は没後、芸術院賞を受章している。

うすべにに葉はいちはやく萌えいでて咲かむとすなり山桜花

若山牧水

今日（三月二十七日）は「さくらの日」。有名な掲出歌は牧水が天城山北麓の湯ヶ島温泉を訪問し、桜を見た時のもの。連作中、この歌だけ「山桜花」で、後は「山ざくら花」と表記している。「瀬瀬走るやまめうぐひのうろくづの美しき春の山ざくら花」「ひともとや春の日かげをふくみもちて野づらに咲ける山ざくら花」等、「山ざくら花」で終わる歌が何首か続く連作。一九二二年春、牧水は伊豆で山桜花と向き合い続けていた。

すこやかに飢ゑを覚ゆるみどり児か唇《くち》とがらせて宙をまさぐる

君山宇多子

三島在住の作者の歌集『時の使者』より。「泣くを止め五体なべてが聴きてゐむはじめて児を呼ぶ祖母わがこゑを」「木香薔薇《もっこう》の葉がふかぶかと繋りゐて幼のはなしに助詞の加はる」等の歌もあり、孫の成長を視つめる作者の優しい眼差しがうかがえる。笑って、泣いて、見つめて、握って、驚いて――やがて芽を出し、花を咲かせる植物のような、そんなみどり児達の成長を願う祖父母の心。

みまかりてはや三七日は過ぎたれどわが胸奥に母はゐませり

原木俊雄（藤枝市）

「昨夜母はひとりひそかにみまかりぬ不肖のわれの気付かぬ内に」「母の部屋を片付けをれば紹に包みし駝鳥の卵ぞわがアフリカ土産」等、母の挽歌の連作の一首。「みまかりて」は「この世から罷《まか》り去る」の意で亡くなったことを意味する。心に存在する母の面影は何日経とうが変わることはない。世界に七十億もの人がいる中で、親子で生まれた縁というのはどれほど奇蹟的なものなのだろう。

卒業の子等の飛びゆく着地点そこに花咲くたんぽぽであれ

室野英子（伊豆市）

今日（三月三十一日）は「教育基本法・学校教育法公布記念日」。一九四七年のこの日に選後の新体制の基本となる「教育基本法」「学校教育法」が公布された。六三三制が導入されたのもこの時だ。そんな今日はこどもたちのことを想う歌を紹介した。これまでの住み慣れた場所を離れ、新たな日々へと旅立っていくこどもたち。着地した所で誰もが皆、花を咲かせられる〝たんぽぽ〟であることを願った、心優しい一首。

新しき黄色い帽子の児《こ》らが行くまちが俄かに明るくなりぬ

渡邊威（富士市）

「老いてなほ手足の動く幸せよ春陽を浴びて庭の草取る」「連休に孫が来るとふ電話受け妻は厨で鼻歌うたふ」等の歌も詠む作者。計画停電等、未曽有の大震災の影響も受けてきた静岡県東部地区にも確実に春は巡って来ている。今日から四月。子供達の笑顔は何よりもの宝だ。元気に咲いた菜の花が行進を始めるかのように子供達も歩き出す日々。見守る大人も一歩ずつ笑顔を忘れずに今日を耕したい。

われら若く子らの幼く浜名湖の水辺に蛍追ひし思ほゆ

皇后陛下

アンデルセンの誕生日でもある今日（四月二日）は一九六六年にミュンヘン国際児童図書館創設者イエラ・レップマンが提唱した「国際子どもの本の日」だ。今日は国際児童図書評議会の大会でビデオレターによる基調講演をなさったこともある皇后陛下の一首を紹介させて戴いた。御歌集『瀬音』に収められている平成二年に詠まれた一首。浜名湖の水辺で、家族揃って蛍を追いかけたとても楽しい思い出の歌。

夫と子と植ゑし一本も花満ちぬ安倍川堤の桜並木は

名波文子（静岡市）

二〇一一年は日本で最も早くソメイヨシノが開花した静岡県。家康所縁の地を七百本もの桜が彩る駿府公園、富士を臨む日本平、浜松の佐鳴湖公園、頼朝所縁の特別天然記念物「狩宿の下馬桜」等、静岡には桜の名所も多い。掲出歌の「桜」にはどんな想い出が込められているのだろうか。かつて家族で植えた桜。親も子も歳月を重ねていき、次第に幹も太くなっていったことだろう。良き春の到来を願う。

ゆっくりと「な」の字の丸み書く孫の口とがりをり初宿題に

田辺佐都子（三島市）

二十四節気の「清明」の今日（四月五日）は「デビューの日」でもある。長嶋茂雄が一九五八年のこの日、プロ野球界に四打席連続空振り三振の伝説と共にデビューしたことを記念して今では「デビューの日」となったのだそうだ。この春、新入学の子供達も、やがて初宿題を提出する日も来るのだろう。「な」の字の丸みを書く時に口がとがることを発見した祖母の一首。孫の表情が何とも愛くるしい、微笑ましい歌。

時ならぬ霜や寒さに耐へゆきて雨後にやうやく茶の芽輝く

杉山治子（沼津市）

一二四一年に聖一国師が宋から持ち帰った種子を故郷に蒔いたのが始まりとされる静岡茶。県のホームページに掲載されている平成二十一年のデータでは茶園の面積は一万九千二百ヘクタール、荒茶生産量三万五千八百トンで、全国の四二％にも及んでいるそうだ。霜や寒さを耐え忍び、風や幾度もの台風すらも乗り越えて、新たな芽吹きを迎える茶木。日々戴く一杯の茶の中にも物語があることを忘れずにいたい。

教室に入ればみんな我が子だと四十人をしっかり見渡す

冨岡悦子（東伊豆町）

今日（四月七日）は「世界保健デー」。被災地では子供達が再び学校に通い始めているだろうかと思いながら、掲出歌を紹介した。各地でこの歌のような気持ちで教壇に立っている先生も多いことだろう。私も小学校時代の小田邦子先生を始め、先生にはとても恵まれた。震災後の大変な状況の中でも各地で先生と子供達のすばらしい物語が紡がれていくことを願っている。どうか実り豊かな新年度でありますように。

新しき国につくさむむつみあひともにはたらき共に栄えて

千葉胤明《たねあき》

「花祭り」の今日は伊東高校の近くに在る、ある寺の平和の鐘に刻まれた一首を紹介した。作者は一八六四年に生まれ、一九五三年に亡くなるまでに宮内省御歌所に勤務し、明治天皇御製編纂にも従事した歌人だ。「皆で仲良く睦み合い、共に働き共に栄えながら新たな国に尽くそう」と詠んだ一首。未曽有の大震災を体験している今のこの日本の現状にも思いを馳せながら、作者の思いを噛みしめたい。

倒れこむ駅伝選手称《たた》へつつタオル掛けやる補欠選手よ

藤田一男（榛原郡）

ここ数年は全国的にマラソンがブームだ。箱根駅伝以外にも様々な駅伝もテレビで中継するようになり、掲出歌のような場面を観る機会も多くなった。襷をつなぐため、母校やチームの誇りをかけて疾走する選手たちもすばらしい。けれども、一方で支えてくれる多くの人たちが居るからこそ、選手は安心して走ることもできる。「タオルをかける補欠選手」を主人公にした作者のまなざしがあたたかい。

婚近き孫の手料理腕を上げ彼の好物われにも旨し

勝山みち子（静岡市）

今日（四月十日）は「駅弁の日」。弁当の美味しそうな歌でも、と思って探していたら、掲出歌と出会った。結婚予定日が近づいている孫が未来の旦那のために手料理をふるまおうと練習をしている。徐々に腕を上げ、ついには祖母にも褒められるようになって、孫も嬉しいだろう。祖母から母、母から子へと受け継がれてきた家庭の味。丁寧に出汁を取りながらの料理はそれだけで日々の養分と活力に繋がっていく。

遠く望《み》て江川の殿の大き屋根いまは春べとみ草生ひにけり

穂積　忠《きよし》

今日（四月十二日）は「パンの記念日」。日本で初めてパンを焼いたのは、韮山の江川太郎左衛門だと言われている。一八四二年四月十二日のことだ。中世以来の名家で数百年の歴史を有するこの江川邸のことは様々な歌人が詠んでいる。「大木の生ひたるままを中に立て柱としたる千年の家」と詠んだのは与謝野鉄幹だった。代々当主が世襲してきた江川太郎左衛門の名。パンを焼いた三十六代目は中でも有名な一人だ。

校庭で収穫野菜売る生徒の笑顔につられ大根を買ふ

山崎ゆめ子（掛川市）

石川啄木の命日でもある今日（四月十三日）は元気な農業高校の生徒たちを詠んだ歌を紹介した。ここ数年、高等学校環境大賞の選考委員をさせて戴くようになって、磐田農業や田方農業等、県内の農業高校生たちの環境への取り組みにも感動することが多い。そんな高校生たちが育てた作物を機会があればぜひ購入してみたいと思っている。「花見しつつ農談義するを楽しめる峡の人らの絆は深し」の歌も詠む作者。

舘山寺《かんざんじ》より飛びくだり来し鶺鴒《はしたか》の羽音ぞひびく水の上にして

吉植庄亮

作者は一八八四年に千葉県で生まれ、東京帝国大学法学部を卒業後、印旛沼畔の開墾に従事した歌人だ。「土間に食ふ昼餉《ひるげ》はうましわが足に触りつつあそぶ鶏《かけ》のひよこら」等、掲出歌以外に鳥を詠んだ歌もあたたかい。土に根ざし、自由闊達な詠みっぷりで、『開墾』『稲の花粉』等、生涯に十数冊の歌集も刊行した。舘山寺は弘法大師によって創建されたと伝えられる浜名湖北岸の寺。

朽ちかかる樹なれど白花ひとつ咲くくちなしの香は老いにやさしも

冨田きん（掛川市）

レオナルド・ダ・ヴィンチの誕生日でもある今日（四月十五日）は自然を詠んだ一首を紹介した。アカネ科の常緑低木のくちなし。野生では森林の低木として見られる他、白い花と豊かな芳香が園芸用としても愛されている。どんなに朽ちかけていても、よく見れば花も付けてくれている自然。一生涯にどれほどの花をこの古木は咲かせてくれたのだろう。被災地にも再び緑が芽吹いていくことを心から願っている。

東《ひむがし》にいま曙《あけぼの》の炎《ほむら》立《た》ちふりさけ見れば真白なる富士

川勝平太

第五十三代静岡県知事の富士山を詠んだ一首。二月二十三日の式典では様々な富士の歌を暗誦して披露した他、文化や芸術への想いも深く、静岡の文化振興の演出家でもある。掲出歌は古典和歌の旋律《しらべ》を踏まえ、いにしえから畏敬の念と共に富士山を詠み継いできた人々への「魂の本歌取り」の歌でもあるのだろう。東から日が昇る日本。東日本の復興を願い、富士山を仰ぎ見た知事の歌を紹介させて戴いた。

水田低く汽車より見ゆる田枯しの春の名残のいにしへ思ほゆ

土屋文明

陰暦四月十七日は徳川家康公の命日。かつて『枕草子』に「浦は、おほの浦」と称えられた磐田の「大の浦」はその後、水が涸れ沼沢地となり、家康公が鷹狩りをした場所としても知られている。一九九〇年に百歳の天寿を全うした土屋文明は万葉集の研究者としても知られ、ここで掲出歌の他、「幾度か大の浦址見んとしき失ひし中にその地図もあり」という歌も詠んでいる。文化勲章も受章した歌人。

真《ま》木《け》柱《ばしら》誉《ほ》造殿《つくとの》のごと座《い》ませ母《はは》刀《と》自《じ》面《おめ》変《が》はりせず

坂田部首麻呂

今日（四月十九日）は一八〇〇年のこの日、伊能忠敬が測量に出発した日で、以後十六年に亘って全国を測量することになった遥かな業績を記念して「最初の一歩の日」と言われている。静岡の詩歌の「最初の一歩」や人生の「最初の一歩」も思いながら、「万葉集」巻二十の母を詠んだ歌を紹介した。「真木柱を誉め讃えて造った御殿のようにいつまでもやつれることなく元気でいてください」という駿河国の防人《さきもり》の歌。

ことしまた天城のあしび見ざりけり土にこぼるるその白き花を

岡野弘彦

今日は穀雨。この頃の春雨は田畑を潤し、穀物の成長を助けることからその名が在る。一九二四年に三重に生まれた作者は代々神主の家柄で育った。国学院大予科時代の一九四五年に召集され、戦後に復学。ここで師の釈迢空と出会った。以後、歌集にて芸術選奨文部大臣賞等も受賞し、一九七九年より宮中歌会始の撰者も務めた。掲出歌は紫綬褒章受章前年に刊行された歌集『天の鶴群』の中の一首。

行く水の目にとどまらぬ青水沫《あをみなわ》鶺鴒《せきれい》の尾は触れにたりけり

北原白秋

先日、天城湯ヶ島に宿泊する機会があった際、新緑だけで幾種類の緑色を堪能できるのだろうと驚嘆したことがあった。狩野川の眩しさ。朝焼けや満天の星の美しさ。北原白秋がここで掲出歌を詠んだのは一九三五年一月に訪問した時だった。やがて『渓流唱』という歌集も生まれ、浄蓮の滝等も詠んでいる。「ちゃっきり節」の作者としても知られる白秋は天城だけでも三十首以上の歌を遺している。

周囲の田宅地に変りゐる今を子は農業を継ぎゆくといふ

望月あさ（富士市）

今日（四月二十二日）は「地球の日（アースデー）」。県のホームページによれば静岡県の耕作放棄地は一万千八百八十二ヘクタール（一八・五％）存在し、全国平均の九・七％を大きく上回っているそうだ。上の句の状況は、県中部でも県西部でも見られるのだろう。そんな中、農業を継ぎ、大地と共に生きる選択をした子供を詠んだ歌。作者は他に、「大いなる自然の力知りゆかむ心素直に米つくりゆけ」という歌も贈っている。

木間《このま》より雪富士冴ゆる浅間《せんげん》の森に春鳥なきしきりつつ

吉野秀雄

病気で大学を中退したものの、歌集で芸術選奨を受章する等、歌人として活躍した作者。御殿場で「富士の裾愛鷹寄りの草山に日の当る見よ春は立ちにけり」「富士の裾木群木むらに春鳥の囀《さえず》りきそふ時は来にけり」等の歌も遺している。一九〇二年に生まれ、一九六七年に亡くなるまでに病躯《びょうく》と向き合いながらも生命や自然を詠み続けた歌人は、「浅間の森」で春鳥たちとどんな対話をしていたのだろう。

てん草の臙脂《えんじ》の色を沙《すな》に干し前にひろがるしら浜の浪

与謝野鉄幹

今日（四月二十四日）は牧野富太郎の誕生日。小学校中退後、独学で学び続け、千種類以上もの植物に命名。後に東京大学講師にもなった牧野富太郎の業績を記念して「植物学の日」となっている。そんな今日は海藻を詠んだ、鉄幹の豊かな色彩が印象的な一首を紹介した。妻・晶子の歌ともども下田市の「尾の浦見晴台」に歌碑が建っている。「天草」はところてんや寒天等の材料として、世界で採取されている。

わが登る天城の山のうしろなる富士の高きはあふぎ見飽かぬ

若山牧水

「あふぎ見飽かぬ」は「仰ぎ見て飽きない」の意味。今日は牧水の四人目のこどもの誕生日。数え年わずか四十四歳で亡くなるまでに、一人で百首もの富士山の歌を詠んだ牧水はこの日生まれた次男に何と「富士人」の名前を付けたのだった。一九二一年、牧水三十七歳の時のことだ。歌集『山桜の歌』には「吾子富士人」と題された連作もあり、「かはゆし」の文字と共に牧水の嬉しさが伝わってくる。

清見潟《きよみがた》月澄む空のうき雲は富士の高嶺の煙成《けぶりなり》けり

西行

「清見潟」は富士を望み、南に三保の松原が続く景勝地で日本を代表する歌枕。藤原実房の歌が『千載和歌集』に在り、藤原家隆・藤原雅経らの歌が『新古今和歌集』にも在る。そうそうたる歌人が古来、詠んできた静岡県。機会があれば松尾芭蕉や夏目漱石たちが詠んだ俳句篇や島崎藤村や室生犀星たちが綴った詩篇も紹介して、いかに静岡県が全国的にも稀有な詩歌の故郷なのかを紹介してみたい。

海に向き皆なつかしく微笑めりひがしの伊豆の山の群像

与謝野晶子

この連載をするようになって与謝野晶子がどれだけ静岡県を詠んできたのかに驚嘆した。用宗、天城湯ヶ島、清水、浜名湖ｅｔｃ…。晶子だけで三百六十五回の連載を何年もできてしまうほどなのだ。にもかかわらず静岡に与謝野晶子記念館がないのはさみしい。用宗のある静岡市や天城湯ヶ島のある伊豆市、あるいは静岡県立でいかがだろうか。文化資源を地域や教育に役立てるために今後、力を注ぎたい。

み国のためささげまつらむ老の身に残る血汐《ちしお》の一《ひと》しづくをも

佐佐木信綱

一八七二年に三重県鈴鹿で生まれた作者は一九六三年に亡くなるまでの九十年以上の人生で、歌人として、国文学者として多くの業績を遺した。『校本万葉集』を遂に完成させ、多くの歌人を育て、晩年は熱海市西山に暮らした。「老の身に」なっても、「残る血汐の一《ひと》しづくをも」用いて、世の中のために尽くそうと情熱を燃やし続けた一人の学者の生涯。熱海市には今も信綱翁が暮らした「凌寒荘」が残っている。

不尽《ふじ》の嶺《ね》のいや遠長《とほなが》き山道《やまぢ》をも妹許《いもがり》訪《と》へばに気《け》によはず来《き》ぬ

「万葉集」詠み人しらず

世界最古の歌集と言われる『万葉集』の巻十四に収められた一首。「富士の嶺のとても遠く長い山道でもあなたのもとへということで苦もなく辛さなんて気にせずにやってきました」という一首。この連載も静岡の人々に地元所縁の歌人の短歌を味わって戴くためなら「気《け》によはず来《き》ぬ」というところだろうか。まだまだ取り上げていない歌人も多く、読者のかたの声があればいずれまだ続編を、と思う。

索引

あとがき

この連載期間中、二〇一一年三月十一日に、あの未曽有の東日本大震災があった。被災されたかたがた・関係者のかたがたに、心から御見舞いを申し上げたい。

「歌枕」といえば、被災された東日本にも名高い「歌枕」が多い。

福島県白河市の「白河の関」、二本松市の「安達太良山」「安達が原」、いわき市の「勿来の関」、宮城県名取市の「名取川」、多賀城市の「浮島」、塩釜市の「塩釜の浦」、松島町の「松島」、石巻市の「袖の渡」、岩手県衣川村の「衣川」、平泉町の「衣の関」、一戸町の「末の松山」etc…たくさん在る。東日本も、日本を代表する詩歌人たちを多く輩出している。詩人たちの感性は古来、時代を越えて、自然によって、磨かれ、深められていった。

以前、NHKのテレビ番組の企画で白虎隊の辞世の句を読み説く旅番組をさせて戴いたことがあった。数年前には福島県相馬市のかたがたの依頼で、松川浦の歌枕を訪ね、同じ場所で新たな短歌を詠むという仕事もさせて戴いた。岩手県気仙沼市では「森は海の恋人」運動を推進していた漁師の畠山重篤さんたちとともに植樹をし、帆立や牡蠣を戴いたこともあった。宮澤賢治や石川啄木のゆかりの地を訪ねた旅や、講演をきっかけに一緒にプロジェクトをしていた東北福祉大学の皆さんと過ごした時間も忘れられない。そんな東北各地を巡る旅の途中、私はいつもその土地ごとの「歌枕」を意識していた。

どんなに形が変わっても、東日本に思いを馳せ、旅をした歌人《うたびと》たちの想いは無くならない。たとえ時間はかかっても、いつの日かきっと、再び東北に笑顔と安らぎと歌枕がよみがえっていくことを願い続けたい。


静岡の「歌枕」は本書で紹介した以外にもまだまだ多くあり、この一冊目ではまだまだ紹介しきれていない歌人や短歌も多い。遠からず、続編も刊行し、できることならライフワークにもしていきたいと思っている。その他、松尾芭蕉や夏目漱石・中村草田男・種田山頭火らの句を紹介した「しずおか歌枕紀行」俳句篇、島崎藤村や室生犀星、北原白秋、草野心平ら詩人たちの作品も紹介した「しずおか歌枕紀行」詩篇づくり等にも、いずれ着手していきたいと思っている。地球に様々な都市や町が在る中で、縁あってこの地域で生まれた私。今日も多くのことを教え続けてくれているこの静岡の自然や地域のために、もしもできることがあるのなら、これからも労を惜しまずに勤しみたいと思う。

静岡新聞連載時に御世話になった文化生活部部長で論説委員の山下徹様、単行本刊行時に御世話になった出版部長の渡辺忠晃様をはじめ、御世話になった新聞社の皆様、連載期間中、本当にたくさんの御手紙やメールをくださった読者の皆様、さらには会長の関口昌男様、副会長の増井隆夫様、植松法子様、榑松靖彦様をはじめとした静岡県歌人協会の皆様の御名前も紹介して、心からの御礼と感謝の気持ちと共に、本書のペンをおきたい。静岡や日本のみならず、これからも世界じゅうの「歌枕」が、地球各地の人々の心や暮らしを潤してくれることを願いつつ…。

田中章義

二〇一一年五月吉日

田中　章義（たなか・あきよし）
静岡市生まれ。大学1年生のときに第36回角川短歌賞を受賞。以後、在学中から、角川書店、文藝春秋、新潮社、集英社、講談社などの雑誌に執筆・連載を開始。NHKや民放のテレビ・ラジオでもレギュラー番組を持つ。「地球版・奥の細道」づくりをめざし、世界を旅しながら、ルポルタージュ、紀行文、絵本etc…も執筆。世界各地で詠んだ短歌が英訳され、2001年、世界で8人の国連WAFUNIF親善大使にアジアでただ1人、選出。国連環境計画「地球の森プロジェクト」推進委員長、ワールドユースピースサミット平和大使なども務め、角川書店・講談社・マガジンハウス・岩波書店・サンマーク出版・学研・PHP研究所などから、これまで20数冊の単行本を出版している。www.tanaka-akiyoshi.com

しずおか歌枕紀行

静新新書　041

2011年5月28日初版発行

著　者／田中　章義
発行者／松井　純
発行所／静岡新聞社
〒422-8033　静岡市駿河区登呂3-1-1
電話　054-284-1666

印刷・製本　図書印刷

・定価はカバーに表示してあります
・落丁本、乱丁本はお取替えいたします

ISBN978-4-7838-0364-5 C1292